Nuits volées avec un roi

SHARON KENDRICK

Nuits volées avec un roi

Traduction française de
MARGUERITE GUILLEMET

AZUR

HARLEQUIN

Collection : Azur

Titre original :
STOLEN NIGHTS WITH THE KING

HARPERCOLLINS FRANCE
83-85, boulevard Vincent-Auriol, 75646 PARIS CEDEX 13
Service Lectrices — Tél. : 01 45 82 47 47 - www.harlequin.fr
ISBN 978-2-2804-8935-5 — ISSN 0993-4448

Composé et édité par HarperCollins France.
Imprimé en juillet 2023 par CPI Black Print (Barcelone)
en utilisant 100% d'électricité renouvelable.
Dépôt légal : août 2023.

FSC www.fsc.org
MIXTE
Papier issu de sources responsables
FSC® C159065

Pour limiter l'empreinte environnementale de ses livres, HarperCollins France s'engage à n'utiliser que du papier fabriqué à partir de bois provenant de forêts gérées durablement et de manière responsable.

1.

Auréolé par la clarté de la plage, l'homme semblait plus radieux encore que le soleil. Sa peau rutilait comme du bronze ; la lumière peignait ses cheveux épais d'éclats incandescents. Cependant, contrairement aux avides curieux qui tentaient désespérément d'attirer son attention, Rosie n'était pas particulièrement hypnotisée par sa présence. Non, elle tentait plutôt de se fondre dans le décor. Elle aurait largement préféré être à la maison, en Angleterre.

Sur la plage privée, les baigneurs semblaient tout droit sortis d'un magazine. On l'avait toujours encouragée à voir les similarités qui unissaient les gens plutôt que leurs différences, mais avec ces inconnus elle n'avait aucun point commun, et elle en était douloureusement consciente.

Elle n'était pas de sang royal.

Elle n'avait même pas le sang bleu.

Et elle n'était certainement pas riche.

Sur la plage la plus sélecte de Monterosso, l'assemblée rendait hommage à un demi-dieu aux cheveux auburn – une couleur brûlante, que d'aucuns décrivaient comme titienne, et que la presse énamourée qualifiait même de « brasier sombre ». Il exsudait le pouvoir et l'élégance. L'arrogance. L'assurance. Les hommes voulaient lui ressembler ; les femmes étaient folles de lui.

Corso.

Ou plutôt, dans la sphère publique, Corso Andrea da

Vignola, prince et héritier du trône de Monterosso, le fabuleux royaume aux montagnes rouges et à la trépidante vie nocturne. Un parti incroyablement désirable.

Des femmes en bikini arachnéen riaient aux éclats dès que le prince ouvrait la bouche. Les épaules en arrière, elles rivalisaient de charme pour attirer son attention, présentant à son jugement leurs jambes fuselées, leur ventre concave et leurs seins parfaits.

À une autre époque, Rosie avait été proche de Corso, avant que les circonstances ne les séparent. Aujourd'hui, elle le reconnaissait à peine. Il avait acquis une certaine réputation – les tabloïds le décrivaient comme un play-boy au cœur de pierre, ce qu'elle trouvait tout de même un peu cruel. Corso n'avait que vingt-cinq ans ; s'il n'avait jamais eu de relation sérieuse, il n'était pas pour autant insensible, n'est-ce pas ?

Les fesses dans le sable – tous les transats étaient pris, et elle n'osait pas déranger le staff qui parcourait la plage –, elle croisa les bras sur ses genoux. Combien de temps devrait-elle encore rester coincée sous son chapeau bas de gamme, brûlée des pieds à la tête par le soleil du Sud ? Il était interdit de quitter un événement avant le prince ; ainsi, elle dépendait du bon vouloir de Son Altesse.

Pourquoi était-elle venue assister à cette célébration ?

Le passé était le passé. Pourquoi ne parvenait-elle pas à le laisser partir, entraîné par un courant silencieux, jusqu'aux recoins oubliés de son esprit ?

Elle baissa les yeux sur le sable fin, scintillant comme des diamants brisés sous le soleil. Avait-elle espéré trouver un sentiment de paix et de familiarité dans le paradis méditerranéen où elle avait passé tant d'étés heureux avant que la vie ne la jette contre les rochers ? Peut-être… Mais, comme tous les rêves futiles, ses illusions s'étaient brisées dès qu'elles avaient rencontré la réalité. Même si on avait considéré son père, à l'époque, comme l'archéologue le plus célèbre de Monterosso, et le mentor du prince, la vérité restait la même : il n'avait été qu'un domestique de plus.

Et elle, la fille d'un domestique.

— Dis-moi, je suis curieux. Pourquoi restes-tu cachée ici comme un lynx dans l'ombre plutôt que de te joindre à nous ?

La voix familière – un timbre qu'elle aurait reconnu entre mille, riche d'un accent solaire – la fit sursauter. Elle leva les yeux. Corso était planté devant elle. Elle jeta un œil alentour, mais elle était seule.

— Oui, oui, c'est à toi que je parle, Rosie.

Sa voix profonde était teintée d'amusement et, peut-être, d'une pointe d'impatience. Que pouvait-elle bien répondre ? Sa sœur l'avait prévenue : réapparaître à Monterosso lors de l'un des événements les plus en vue de l'année était une idée folle. Et Bianca avait raison, bien sûr. La vie était peut-être grise, d'où elle venait, mais le beau royaume montagneux ne pouvait pas éclipser sa peine. Tout était étrange, différent. Qu'avait-elle donc espéré ? Qu'elle partageait quelque chose de spécial avec le prince, parce qu'il avait, à une autre époque, aimé les tourtes de sa mère, et qu'il lui avait appris à faire des nœuds ?

Jadis, enfant, elle lui aurait répondu sans inhibition. Aujourd'hui, le courage lui manquait. Elle ne décroisa pas les bras, douloureusement consciente de son apparence. Corso, désormais, était un inconnu. Elle n'avait aucune envie de s'offrir à son regard et encore moins d'être comparée à toutes les beautés qu'il venait de quitter. Grandir avait le goût de l'amertume, elle commençait à le comprendre, et l'amitié d'antan n'était plus qu'un lointain souvenir.

— Bon anniversaire, Corso, dit-elle.

— Merci, répondit-il avec un mouvement de tête souverain.

Mais ses sourcils sombres étaient toujours arqués, interrogateurs. Qu'attendait-il ? Qu'elle fasse la révérence ? Oh non, elle avait oublié ! Enfant, elle ne s'était jamais inclinée que devant le roi ; le Corso de l'époque détestait les formalités. Avec horreur, elle se redressa précipitamment et s'inclina aussitôt. Impossible de cacher ses genoux cagneux et sa poitrine plate dans cette position ; tant pis.

— Je suis navrée. Je n'aurais pas dû oublier le protocole. Je ne sais pas exactement comment me comporter… Plus maintenant.

Il resta silencieux. Il l'observait toujours, visiblement déconcerté. Dans ses prunelles d'or liquide, elle décelait une curiosité qui lui arracha la vérité :

— C'est si étrange d'être de retour…

— Oui, j'imagine. Cela fait, quoi… ?

— Six ans.

— Six ans ? Vraiment ?

Venait-il de pousser un soupir ? Non, Corso n'était pas le genre d'homme à exprimer de la nostalgie.

— Le temps passe à la vitesse d'une tornade, reprit-il. Quel âge as-tu, seize ans ?

Rosie savait qu'elle faisait plus jeune qu'elle ne l'était, notamment parce qu'elle était maigrichonne, mais le commentaire la blessa néanmoins. Avait-elle pensé qu'il se souviendrait de son âge ?

— Dix-huit, corrigea-t-elle.

Et il en avait vingt-cinq. Corso affichait la vigueur et la puissance d'un homme au sommet de sa jeunesse, alors qu'elle se sentait aussi maladroite que naïve.

Le beau visage du prince s'était assombri.

— Ton père me manque, dit-il brusquement.

Rosie hocha la tête, le cœur serré.

— Il nous manque à tous, murmura-t-elle.

Et le souvenir de l'homme qu'elle avait tant idéalisé lui rappela ses bonnes manières.

— Merci de m'avoir invitée à ton anniversaire. C'était très généreux de ta part.

— J'ai pensé que cela te ferait plaisir de revoir le pays qu'il aimait tant, dit-il, mais ses yeux étincelèrent d'un éclat presque métallique. Je suis surpris que ta mère et ta sœur n'aient pas pu t'accompagner.

Rosie se mordit la lèvre ; la rebuffade était évidente. L'héritier du trône de Monterosso n'avait pas l'habitude qu'on refuse ses invitations.

— Elles n'étaient, hum… pas disponibles.

Il valait mieux ne pas lui expliquer que la mort de son mari avait brisé sa mère, et que Bianca avait juré de ne jamais remettre les pieds à Monterosso. Lorsque l'invitation bordée de feuille d'or était apparue sur le pas de la porte, sa sœur s'était exclamée :

— Monterosso nous a toujours traités comme des serviteurs et nous a tout enlevé ! Plutôt mourir !

Intérieurement, Rosie n'était pas d'accord avec sa sœur, mais elle n'avait pas tenté de la convaincre. Bianca était bien trop déterminée pour l'écouter. Et puis, elle était à l'université, maintenant. Brillante, ambitieuse. Elle avait un bel avenir devant elle. Elle pouvait jeter Monterosso aux oubliettes et continuer sa route sans se retourner.

Contrairement à Rosie. Elle leva les yeux vers Corso, qui la scrutait attentivement.

— C'est dommage. Et toi, tu es heureuse d'être ici ? Tu es aussi invitée au bal de ce soir, n'oublie pas.

Oh ! elle ne risquait pas de l'oublier. Dans sa robe, elle ressemblerait à un sac à pommes de terre à côté des autres invitées. Elle se força à sourire.

— Bien sûr. J'ai hâte.

Corso réprima un petit mouvement d'humeur. Elle mentait, c'était évident, et c'était une déception. Rosie Forrester avait toujours été excessivement honnête ; c'était une des choses qu'il aimait chez elle. Où était donc passée cette sincérité, aujourd'hui ?

La dernière fois qu'il l'avait vue, il l'avait trouvée gauche et dégingandée, et c'était toujours le cas. Ces quelques années de séparation ne l'avaient pas transformée en gracieuse jeune femme. Ses jambes étaient longues et maigres ; ses genoux aussi osseux que ceux d'un adolescent. Sur la plage, elle était la seule à ne pas porter de bijoux ou de bikini flatteur, et elle avait visiblement décidé de se cacher derrière un chapeau de paille grotesque. Et pourtant, Corso ne pouvait s'empêcher d'admirer son refus – ou son incapacité – à se conformer aux exigences de son invitation qui l'avait conviée à un pique-nique chic sur la plage la plus élégante d'Europe.

Avait-il commis une erreur ? L'année précédente, lorsque le père de Rosie était mort, il avait voulu la contacter et offrir à sa famille un soutien plus chaleureux que la lettre de condoléances formelles estampillée aux armes de Monterosso. Mais il n'avait pas trouvé les mots. Il s'était senti entravé par le protocole. Sa relation avec la famille Forrester avait toujours été trop ambiguë pour être catégorisée, mais son propre père avait été sans équivoque lorsque Corso avait cherché confirmation auprès de lui :

— Lionel Forrester est mort, avait déclaré le roi avec cette hauteur indifférente qu'il réservait à tout un chacun, même à son fils. Monterosso n'a jamais connu de meilleur archéologue, et ce qu'il t'a enseigné est précieux, mais notre relation avec sa famille touche à sa fin. Le palais a payé les frais d'école de ses deux filles et a octroyé une coquette pension à sa veuve. Nous ne pouvons rien faire de plus, Corso, et nous ne leur devons rien.

Mais Corso n'était pas d'accord. À la grande colère de

son père, il avait convié Rosie, Bianca et leur mère au bal de son anniversaire, persuadé que revenir à Monterosso après tant de temps serait une grande joie pour elles. Qu'elles en éprouveraient de la reconnaissance. Après tout, combien de roturières pouvaient se targuer d'être invitées dans l'un des plus beaux palais d'Europe et de pouvoir y bavarder librement avec l'héritier du trône ?

Sa conscience était apaisée. Il s'était attendu à un élan de gratitude, mais à la place il avait essuyé deux refus. Mieux encore, la seule Forrester ayant daigné montrer le bout de son nez était une adolescente boudeuse qui, plutôt que de se confondre en remerciements, semblait à cet instant en proie à la torture.

— Fais au moins semblant de t'amuser, Rosie, rétorqua-t-il, acide. Beaucoup de gens tueraient pour être invités à mes bals.

— J'espère bien que non. Je n'aimerais pas assister à un homicide le jour de ton anniversaire.

Ah ! sa langue bien pendue était de retour, au moins.

— Et je crois que quelqu'un te cherche, ajouta-t-elle avec un petit mouvement du menton.

Un peu impatiemment – car il n'appréciait ni sa désinvolture ni ce changement de sujet si peu subtil –, Corso tourna la tête. L'une des femmes les plus belles qu'il avait jamais vues avançait vers eux : Tiffany Sackler, avec sa peau soyeuse et cette cascade de boucles sombres qui tombait jusqu'à sa taille fine… Il ne put s'empêcher de sourire alors qu'elle abaissait ses lunettes de soleil sur son nez, délicieusement provocante.

Depuis leur rencontre, la jeune femme jouait allègrement au chat et à la souris. Se faire désirer n'était qu'un jeu de séduction comme un autre, mais la stratégie était assez rare pour aiguiser son intérêt. Et, même si Tiffany était une mannequin connue dans le monde entier, et donc chérie des magazines, son arrivée à Monterosso avait été aussi discrète que possible. Un autre point en sa faveur. Elle ferait une amante absolument parfaite. Il ne restait qu'une chose à éclaircir : avait-il envie d'elle ?

Il éradiqua bien vite l'éclair d'indécision qu'il sentait fleurir en lui. Bien sûr qu'il avait envie d'elle ! Il avait sacrifié trop de temps aux affaires d'État, ces temps-ci, occupé qu'il était à préparer son accession au trône. Sa libido s'était-elle érodée parce qu'il avait toujours été, même très jeune, poursuivi par les femmes de la cour ? Non – après tout, il avait l'intention de suivre les traces de son père et de profiter d'un long et fidèle mariage. Mais avant cela, il fallait bien s'éparpiller un peu et exulter autant qu'il le pouvait.

Ce soir. Ce soir, c'était décidé. Après le bal, il inviterait Tiffany Sackler entre ses draps.

— Tiffany, dit-il en souriant. Quel plaisir.

— Je vous laisse, marmonna Rosie.

Il se souvint soudain de sa présence. Elle avait les joues couleur pivoine et les yeux baissés.

— Bon après-midi, Votre Altesse, ajouta-t-elle avec une révérence malaisée, avant d'attraper un sac de plage très laid et de s'éclipser au pas de course sans attendre sa permission.

Elle avait encore des progrès à faire en matière de protocole… Il fronça les sourcils.

Un homme intelligent devait se montrer capable d'admettre ses erreurs, et il voyait bien qu'il s'était trompé en conviant Rosie Forrester à son anniversaire. Les frontières qui les séparaient s'étaient solidifiées. L'enfant solaire dont il se souvenait avec plaisir avait disparu, remplacée par une jeune femme timide et gauche. Rosie était consciente qu'elle n'avait pas sa place dans les cercles royaux, c'était évident. Il serra les dents. Encore quelques heures, et elle retournerait chez elle, en Angleterre. Cela valait mieux pour tout le monde.

Rosie ne ralentit pas le pas avant d'atteindre les jardins du palais. La plage de diamants était loin derrière elle, maintenant. Dieu merci, elle connaissait les sentiers les moins fréquentés, ici ; elle chemina à travers les feuillages odorants jusqu'à la résidence royale aux tourelles opalescentes. Finalement, parvenue à sa chambre, adossée à la porte, elle s'autorisa à pousser un soupir de soulagement.

Et d'agacement !

Même face à la grande psyché, elle ne voyait pas son reflet : dans son esprit dansaient encore les yeux d'ambre, scintillants comme de l'or pur.

Corso avait-il toujours été aussi ignoble ? D'abord il l'avait regardée de haut en bas, avec une incrédulité vaguement méprisante ; puis il l'avait traitée comme si elle était invisible, tout occupé qu'il était à reluquer Tiffany Sackler, bouche grande ouverte. Dès que la mannequin les avait rejoints, l'atmosphère avait changé, et le malaise de Rosie s'était encore accru. Était-elle donc si naïve ? Avait-elle osé croire que le prince préférerait bavarder avec elle alors qu'une des femmes les plus séduisantes au monde lui faisait les yeux doux ?

Oh ! peu importait ! La relation de Corso et de Tiffany ne la regardait en rien. Elle se focalisa enfin sur le miroir ornementé. Le bal du prince aurait lieu le soir même, puis chaque seconde égrenée la rapprocherait du départ. Quelques heures encore, et elle serait en route pour l'Angleterre, prête à affronter son avenir.

Mais l'avenir était terrifiant.

Elle espérait au moins que sa mère redeviendrait petit à petit la femme chaleureuse et aimante qu'elle avait été avant la mort de son époux.

Rosie secoua la tête et, dans l'espoir de s'arracher à ses idées moroses, elle fureta dans la bibliothèque. Elle y reconnut bien vite une tranche familière : un livre sur l'art de la Renaissance monterossienne, écrit par l'homme qui lui avait tout appris sur le sujet avant même qu'elle sache marcher. Lionel Forrester. Cet homme qui avait été son héros, et le pilier dont elles avaient toutes dépendu… Peut-être trop dépendu.

Puis une arche sous-marine s'était écroulée sur lui. Si l'accident avait eu lieu sur la terre ferme, il serait mort sur le coup ; avec la densité de l'eau, il avait survécu. Survécu pendant quatre ans, quatre longues années de coma avant de s'éteindre. Il avait toujours été si passionné… Si passionné qu'il avait entrepris cette mission archéologique seul, avec tout l'enthousiasme qui le caractérisait. Sa lente agonie avait laissé des marques dans l'âme de chacune d'entre elles ; et maintenant, il ne restait de lui que ses célèbres travaux et ses deux filles.

Il y avait longtemps que Rosie n'avait pas eu le courage de poser les yeux sur ses livres, mais ici, dans cette chambre inconnue, les mots familiers étaient aussi poignants que réconfortants. Elle devinait presque la voix de son père entre les lignes, sa présence. Elle se laissa emporter par les contes de batailles révolues et de bijoux royaux, et ne reprit conscience des alentours que plusieurs heures plus tard, lorsqu'un bruit sur le balcon voisin la ramena brutalement à la réalité.

Elle jeta un bref coup d'œil à sa montre : il ne lui restait qu'une heure avant le bal ! Vite, elle bondit dans la douche pour se rincer et se débarrasser du sable de la plage. Elle n'avait plus le temps de se laver les cheveux et de les sécher… Peu importait. Elle les attacherait en chignon pour leur donner une forme acceptable. Elle sortit sa robe de la haute armoire sculptée.

— Choisis quelque chose de simple, lui avait dit sa sœur, et, comme Bianca était toujours sublime, Rosie avait suivi son conseil.

La robe était en soie blanche. Elle l'avait eue à un prix abordable, en solde, sur un coup de chance, sûrement parce qu'une telle étoffe devait souligner tous les reliefs indésirables. C'était le seul avantage à n'avoir aucun relief. La jupe tombait jusqu'au sol et dissimulait, Dieu merci, ces vieilles ballerines rouges qu'elle ne mettait jamais, puisqu'elle était très mauvaise danseuse. Le seul intérêt de la tenue était le drapé de la robe, qui suivait la ligne d'une de ses épaules et découvrait la seconde. Comme unique accessoire, elle avait choisi un délicat ras-de-cou en or, une réplique d'un collier antique de Monterosso que sa mère lui avait prêtée. Mais le fermoir était fragile, et ses mains tremblaient trop pour l'attacher à sa nuque. Elle poussa un soupir. Pouvait-elle aller toquer à la chambre voisine ? C'était Tiffany qui l'occupait. Peut-être était-elle plus amicale qu'elle ne le semblait au premier abord. Elles pourraient bavarder un peu avant le bal, ou même y aller ensemble. Rosie préférait passer les portes du palais avec une alliée plutôt que toute seule.

Elle entrouvrit la fenêtre et allait se glisser sur son balcon, qui communiquait avec celui de Tiffany, lorsque la voix de la mannequin lui parvint. Tiffany était déjà sur sa terrasse, dos à elle. Oh ! elle était au téléphone – Rosie reviendrait dans quelques minutes. Une main sur le battant, elle s'apprêtait à refermer la fenêtre lorsque Tiffany prononça un nom familier :

— Ne t'inquiète pas. Corso me mange dans la main.

Rosie dressa l'oreille. On lui avait appris à ne pas écouter aux portes, évidemment, mais quelque chose dans le timbre de la mannequin sonnait faux. *Va-t'en*, lui souffla une petite voix, mais elle resta plantée à la fenêtre, la nuque raide, et retint son souffle.

— Il me veut plus que jamais. Je l'ai fait attendre. Le timing est parfait, murmura Tiffany avant de laisser échapper un petit rire triomphant. Si tout se passe comme prévu, tu pourras organiser une *baby shower* avant la fin de l'année…

Rosie referma discrètement le battant et recula dans la chambre, l'esprit en ébullition. Elle en avait assez entendu. Mais avait-elle bien compris ? Tiffany essayait-elle de piéger le prince en tombant enceinte ? Non, c'était terrible et surtout c'était si… archaïque. Mais Tiffany ne serait pas la première femme à utiliser ce stratagème. Rosie prit son visage brûlant entre ses mains. Elle se trompait peut-être mais, si elle ne disait rien à Corso, alors elle deviendrait *de facto* la complice de Tiffany. Elle connaissait le prince : en dépit de tous ses exploits sexuels, il avait des valeurs traditionnelles, et les règles du trône lui tenaient à cœur. Il avait peut-être donné au monde l'impression d'être un play-boy, mais qu'on ne s'y trompe pas : Corso avait toujours eu l'intention de se marier, lorsque le moment viendrait, et d'épouser une femme de son rang. Il n'était pas du genre à avoir un enfant hors des liens du mariage, et encore moins avec une roturière.

Rosie aurait aimé ramper sous la couverture brodée du grand lit en merisier et dormir jusqu'à l'heure de son vol. Mais c'était impossible. Elle ne pouvait pas rester sans rien faire. Corso et elle avaient partagé beaucoup, à une autre époque ; et, si aujourd'hui avait prouvé qu'ils n'avaient plus rien en commun, elle lui devait encore sa loyauté. Elle avait apprécié la personne qu'il avait été, plus jeune, et elle aimait son pays, son peuple. Elle devait lui dire la vérité avant qu'il ne soit trop tard.

Les doigts maintenant moins tremblants, elle attacha rapidement son collier. Au loin, la grande horloge sonna le premier coup de 20 heures ; elle rassembla la soie à ses chevilles et sortit de la chambre à grands pas. Le dernier coup de l'horloge venait juste de retentir lorsqu'elle passa les grandes portes de la salle de bal, prête à affronter le prince de Monterosso.

2.

Assis sous les chandeliers scintillants de la salle de bal, Corso étouffa un énième bâillement. Le décadent festin était presque terminé et, dès que le gâteau aurait été coupé, la danse pourrait commencer. Et il était temps ! Pourquoi avait-il accepté de célébrer ici ses vingt-cinq ans ? Il avait assisté à des centaines de fêtes palatiales ; il savait qu'elles étaient aussi interminables que prévisibles. Il s'efforçait d'afficher un air d'approbation bénigne. Il hocha majestueusement la tête lorsqu'on apporta enfin l'énorme gâteau sur une large desserte à roulettes. Les invités se mirent à chanter en chœur. L'extravagante concoction s'arrêta à sa hauteur, et il se pencha lentement pour souffler les bougies allumées, accompagné d'applaudissements euphoriques.

Un sourire aux lèvres, il avala une bouchée du gâteau à la crème et aux baies sauvages, puis une gorgée d'un exceptionnel champagne. Après ce petit spectacle, néanmoins, il repoussa son assiette. Chaque année, son anniversaire perdait de sa saveur.

Pendant le banquet, il avait choisi d'être placé entre deux aristocrates – une comtesse et une duchesse – pour observer les règles de bienséance et rassurer son père – qui n'était pas présent – ainsi que ses sujets, qui s'inquiétaient déjà de son avenir, et de son futur héritier. Bien sûr, pour avoir un héritier, il fallait d'abord trouver une royale épouse. Mais, comme d'habitude, ses compagnes l'avaient ennuyé à mourir. Ni leurs bonnes manières ni leurs diadèmes ne l'avaient émerveillé. Non, il n'était pas séduit par les subtiles mentions de leur richesse respective, ni par la façon dont elles faisaient miroiter la possibilité d'une dot extravagante.

Le moment venu, il choisirait une femme noble, il en était bien conscient. Il avait depuis longtemps accepté sa destinée. Mais ce soir, il était bien plus intéressé par l'exquis profil de Tiffany Sackler, qui bavardait allègrement avec son séduisant voisin et qui ne lui avait pas accordé un regard. Plusieurs fois, elle avait jeté la tête en arrière pour rire à gorge déployée, comme si l'inconnu avait été l'homme le plus drôle du monde. Elle jouait le jeu à la perfection ; mais ce jeu commençait à irriter Corso, et la manipulation, si évidente, avait refroidi le brasier de désir exclusivement charnel qui auparavant avait couru dans ses veines.

Un mouvement discret, à la périphérie de sa vision, attira soudain son attention. À l'autre bout de la longue table, Rosie Forrester le regardait fixement. Elle mordillait sa lèvre inférieure, l'air nerveux ; ses yeux étaient immenses, comme ceux d'un faon aux abois. Lorsque leurs regards se croisèrent, elle lui fit discrètement signe d'approcher. Corso étouffa un soupir d'agacement.

Que voulait-elle donc, cette fois-ci ?

Plus tôt, elle avait fait irruption dans la grande salle avec force fracas, le souffle court. Être en retard à l'anniversaire du prince de Monterosso était un faux pas colossal, mais pas autant que sa tenue pour l'occasion : une robe qui ressemblait, ni plus ni moins, à un drap recyclé. Il l'avait dévisagée un instant, estomaqué par la hideuse étoffe brillante qui tombait jusqu'au sol mais ne dissimulait pas ses ballerines écarlates. Avec sa coupe de pseudo-déesse grecque, la tenue aurait moins détonné dans un bal populaire de mardi gras. Et maintenant, Rosie voulait lui *parler* ? Ne comprenait-elle pas que son comportement était parfaitement inconvenant ?

Très délibérément, Corso se détourna pour répondre à son assistant, Rodrigo, qui venait d'apparaître à ses côtés et lui demandait si la danse commencerait bientôt, selon, bien sûr, son bon vouloir.

— Que la musique commence ! annonça Corso avec un mouvement de tête souverain.

L'orchestre obéit aussitôt, mais la haute mélodie des violons ne couvrit pas tout à fait le murmure courant dans l'assemblée. Tous étaient impatients de découvrir quelle femme le prince choisirait pour cette première danse. Corso se leva lentement. Son choix de partenaire était lourd de conséquences. S'il invitait la comtesse ou la duchesse, la presse en ferait des gorges chaudes, et l'industrie du mariage proposerait ses prédictions à tout-va pendant des semaines.

Tiffany le suivait du regard mais, toujours irrité par son comportement, il la laissa piaffer d'impatience pendant quelques instants avant de la rejoindre et de lui tendre la main.

— Accepteriez-vous cette danse ? lança-t-il nonchalamment.

Tiffany s'inclina profondément, juste assez longtemps pour souligner le relief tentateur de son décolleté – une chorégraphie savamment travaillée.

— J'en serais ravie, Votre Altesse.

Les invités se rejoignirent en cercle alors qu'il la menait sur la piste ; leurs corps suivirent la musique sans effort. Tiffany semblait déterminée à profiter de ce rare moment de solitude avec le prince de Monterosso : elle n'avait jamais été aussi bavarde. De sa voix basse et sensuelle, elle entreprit de louer les vertus de son pays, la magnificence du relief, la vue sublime de son balcon, la saveur du repas de ce soir. Elle avait le pas léger mais vigoureux, et elle dansait très bien. Régulièrement, ses seins lui frôlaient la poitrine. Chaque détail visait à susciter son désir, et il n'y était pas insensible. Et pourtant, il se sentait étrangement détaché. Il fronça les sourcils.

Peut-être qu'une nuit torride atténuerait un peu son ennui.

— Nous nous verrons plus tard, promit-il à voix basse.

Une étincelle provocatrice dansa dans les grands yeux bleus de la mannequin.

— Oh ! vraiment ?

— *Sì, certo*, murmura-t-il en italien. Mais pour l'instant, je veux être juste et laisser leur chance à d'autres cavalières.

— Je comprends parfaitement, Votre Altesse. À bientôt, alors, dit-elle en souriant avant de courber son corps souple et élégamment souligné de soie et de broderies.

Il était temps de faire son devoir. Il dansa avec autant d'invitées qu'il le put. Chaque sollicitation de sa part était accueillie avec une expression de joie et d'espoir. La plupart d'entre elles rêvaient de devenir sa femme, et n'était-ce pas entièrement compréhensible ? Il était jeune, viril ; on lui avait dit maintes et maintes fois combien la gent féminine le trouvait beau. Enfin, il était l'héritier d'un des trônes les plus prospères de la planète.

La soirée touchait à sa fin lorsqu'il songea à Rosie. Il pouvait bien lui accorder une danse, à elle aussi. Lorsqu'il la chercha du regard dans l'assemblée, néanmoins, il ne la vit nulle part. Le champagne coulait à flots. Bientôt, les acrobates du plus beau cirque du pays empruntèrent la piste pour réaliser un extraordinaire numéro, vêtus de sublimes costumes couleur de flammes. Enfin, les convives sortirent sur l'immense terrasse et admirèrent les étoiles avant que le feu d'artifice, prévu à minuit exactement, ne commence. Cette performance sonnerait la fin de son bal d'anniversaire.

Cependant, alors même qu'il s'apprêtait à rejoindre à son tour la balustrade sculptée, Corso sentit une main légère tirer sur sa manche. Qui avait donc la témérité de le toucher ainsi ? Si Tiffany tentait de se rappeler à son bon souvenir, leur liaison toucherait à sa fin avant même d'avoir commencé. Mais non ; c'était Rosie qui avait refermé ses doigts sur son bras. Dans sa robe hideuse, elle semblait plus pâle encore que d'habitude, et ses cheveux attachés – quoique d'une sublime couleur de lune – avaient perdu de leur tenue au cours de la soirée. Elle ne portait qu'un bijou : une réplique d'un ras-de-cou monterossien, discrètement rutilant sur sa peau crémeuse. À la vue de ce simple collier, quelque chose chancela en lui. Rosie faisait pâle figure à côté de ses autres invités, ce soir, et pourtant il y avait dans l'indifférence qu'elle portait à son apparence un charme étrange dont il était, avec un frisson, soudain douloureusement conscient. Comme une caresse presque imperceptible sur sa peau. Il en était déconcerté ; charmé, perplexe, il bannit ce sentiment trop mystérieux de ses pensées.

— Corso, murmura-t-elle.

Oh ! de mieux en mieux ! Elle s'adressait à lui sans attendre sa permission et de la façon la plus insubordonnée qui soit, qui plus est !

— Il faut que je te parle.

— Tu ne peux pas me parler, rétorqua-t-il, piqué au vif.

— Mais…

— Ton comportement est parfaitement inapproprié, Rosie, siffla-t-il. Pour ta gouverne, nous sommes à *ma* soirée d'anniversaire et tous *mes* invités désirent *mon* attention. Des princes et des cheikhs venus de l'autre bout du monde, et des amis très proches. Qui es-tu pour exiger mon temps ?

— Il *faut* que je te parle, insista-t-elle. Sinon, je ne me le pardonnerai pas.

Corso fronça les sourcils. S'il la congédiait, elle ferait une scène, il en était certain : il le voyait à son expression têtue. Que lui arrivait-il donc ? Bien sûr, il aurait pu demander à la sécurité de se charger d'elle, mais l'atmosphère en serait affectée, et les rumeurs courraient bon train dès le lendemain.

Il étouffa un soupir. Il ne reverrait sans doute plus Rosie ; peut-être pouvait-il accéder à sa requête, une dernière fois.

Il leva les yeux vers la haute pendule illuminée. Il était presque minuit. Cinq minutes suffiraient-elles ?

Il se pencha en avant pour qu'on ne puisse entendre sa réponse. Sa voix soyeuse, néanmoins, ne camouflait que très mal son irritation.

— Très bien. Je t'accorde quelques minutes. Que se passe-t-il ?

Rosie hésita. Elle ne voulait pas prendre le risque qu'on l'entende, et tout le monde, ici, était avide de scandales. Elle secoua la tête.

— Pas ici. S'il te plaît, est-ce qu'on peut s'éloigner un peu ?

— Non.

— Bien sûr que si, Corso, marmonna-t-elle, agacée. Tu es le prince. Tu peux faire ce que tu veux !

— Ah, donc tu te souviens du protocole quand il te convient, rétorqua-t-il.

Ses assistants, anxieux, s'étaient déjà approchés. Malgré l'acidité de son ton, Corso leur fit signe de s'écarter et partit le premier vers l'alcôve que Rosie avait pointée du doigt. Elle le suivit à grands pas. Derrière le rideau de velours, la clarté lumineuse du bal n'était plus qu'ombres bleu sombre. Rosie leva les yeux vers lui. Il l'observait d'un air féroce.

— Alors ? J'attends, asséna-t-il.

Elle déglutit. Comment allait-elle expliquer à l'héritier du trône qu'elle soupçonnait quelqu'un de vouloir le piéger, et d'une façon si manipulatrice ?

— C'est à propos de Tiffany.

— Tiffany ?

— Oui. Je… je ne crois pas qu'elle te veuille du bien.

Corso étouffa un petit rire incrédule.

— Ah ? Et toi si, c'est cela ?

L'étincelle métallique des yeux d'or la traversa comme une lame. De nouveau, elle hésita.

— Oui, bien sûr, murmura-t-elle.

— Alors dis-moi, pourquoi devrais-je être sur mes gardes ? railla-t-il. Oh ! serait-ce parce que tu es jalouse de m'avoir vu la choisir pour la première danse ? Ne crois pas que je n'ai pas remarqué tes regards de reproche, ce soir.

Rosie cligna des yeux. Croyait-il vraiment qu'elle était *jalouse* ? Se considérait-il si merveilleux que toutes les femmes de l'assemblée ne puissent rien désirer d'autre que sa compagnie ? Elle en était bouche bée, si mortifiée qu'elle envisagea, un instant, de tourner les talons et de prendre la fuite. Il pouvait bien faire un enfant illégitime à Tiffany Sackler s'il en avait envie, tiens !

À moins, bien sûr, qu'elle se soit fourvoyée. Elle n'avait aucune expérience des manigances de la cour, et presque aussi peu en matière de relations amoureuses. Et si elle avait mal interprété la situation ? Si elle avait fourré son nez là où il ne fallait pas ? Après tout, peut-être que Corso et Tiffany avaient des projets ; peut-être qu'ils cherchaient à avoir un enfant depuis des mois ! Qu'en savait-elle ?

Étrangement, cette idée la rendait plus malade encore que l'alternative. Mais le prince avait plissé les yeux, impatient, exaspéré. C'était maintenant ou jamais. Dans quelques secondes, il partirait sans demander son reste.

— Pense ce que tu veux, mais je préfère te dire ce que je sais avant qu'il ne soit trop tard. J'ai la suite voisine de celle de Tiffany, et nos balcons sont côte à côte. Tout à l'heure, je l'ai entendue parler au téléphone…

— Tu veux dire que tu l'as espionnée ?

— Oui. Non !

Elle secoua la tête. Elle méritait sûrement son mépris, mais elle pouvait, non, elle *voulait* se justifier…

— Je ne voulais pas l'espionner, mais je l'ai entendue parler avec quelqu'un…

— C'est souvent le cas, quand on est au téléphone.

Rosie ignora l'interruption railleuse.

— … et elle était en train d'expliquer qu'elle t'avait fait attendre et que tu lui mangeais dans la main, continua-t-elle. Que tu la voulais plus que jamais, et…

Elle s'interrompit, brûlante d'embarras. Elle ne voulait pas parler de sexe avec Corso ! Mais dans l'alcôve, l'atmosphère s'était brusquement glacée.

— Et ? dit Corso.

Son visage avait changé. Son irritation avait laissé place à un masque de danger polaire. Mais il n'était plus temps d'hésiter : quoi que Corso ait prévu avec Tiffany, Rosie savait que la lignée da Vignola était trop traditionnelle et trop révérée pour tolérer un tel bouleversement ; et, plus important encore, Corso Andrea da Vignola n'était certainement pas prêt à être père. Comment un homme aussi arrogant, aussi égoïste, aussi insensible pourrait-il s'occuper d'un enfant ?

— Elle a dit que le timing était parfait.

— Le timing…, répéta-t-il d'une voix atone.

— Elle a parlé d'une *baby shower* avant la fin de l'année. Je peux me tromper, bien sûr, mais ce que je comprends, c'est qu'elle a l'intention de te faire un bébé dans le dos.

Il était toujours figé. Il avait l'air d'un animal prêt à bondir de sa cage, et Rosie dut se retenir de faire un pas en arrière. Elle avait souvent passé du temps avec Corso, pendant leur enfance, mais elle ne l'avait jamais vu ainsi. Une fureur infinie brûlait dans ses yeux étincelants et durcissait les beaux traits de son visage. Il était absolument magnifique, et absolument terrifiant.

Ne tire pas sur le messager, songea-t-elle, le cœur battant.

Il hochait la tête, comme s'il calculait ses options. Lorsqu'il reprit la parole, ses mots étaient froids et mesurés.

— Cette conversation est close. N'en parle jamais. À personne. Crois-moi, si un seul mot passe tes lèvres, je le saurai et je te le ferai payer. C'est bien compris, Rosie ?

Elle hocha la tête. C'était triste, n'est-ce pas ? Il lui demandait de garder un secret non pas au nom de l'amitié qu'ils avaient partagée, mais au nom de la peur qu'il avait le pouvoir d'invoquer en elle. Des menaces… Il préférait opter pour des menaces. Le gouffre qui les séparait n'avait jamais été aussi béant. Elle avait l'impression qu'ils étaient plantés sur deux rives opposées, irrévocablement perdus l'un à l'autre.

Et elle n'oublierait pas qu'il l'avait insultée ; qu'il l'avait crue jalouse et avait ri de cette jalousie. Quel mufle ! Elle aurait préféré récurer le sol du palais à la brosse à dents plutôt que de danser avec lui. Elle ne le reverrait sans doute jamais, après ce soir, et c'était peut-être mieux ainsi. Elle laisserait ses souvenirs doux-amers derrière elle. Elle oublierait qu'elle avait un jour mangé de la tarte avec l'héritier du trône dans le soleil doré de l'enfance. Elle reprendrait le cours de sa vie.

— Bien sûr, Votre Altesse, répondit-elle, non sans sarcasme.

Le titre, néanmoins, sembla le rassurer. Il hocha la tête.

— Si tu veux bien m'excuser, mes sujets attendent le feu d'artifice et mon signal est nécessaire.

Et ce fut tout. Aucun remerciement, aucune sympathie ; juste un regard froid, jeté par-dessus son épaule, avant de quitter l'alcôve. Rosie attendit quelques instants avant de le rejoindre, et le suivit des yeux alors qu'il sortait sur le balcon et fendait la foule obséquieuse.

Tiffany le buvait du regard alors qu'il levait une main impérieuse pour préparer le commencement du spectacle, mais il ne lui accorda aucune attention. Le visage de la mannequin s'assombrit à l'instant où la main de Corso tomba comme un couperet. C'était le glas de leur relation, sans doute, et le glas de ce jour sans fin. L'horloge sonna minuit ; le ciel, derrière Corso, explosa d'éclats kaléidoscopiques, argent, et bleu, et rose, et vert, et écarlate. Lorsque le douzième coup s'éteignit, Rosie prit conscience d'un bruit croissant, venu des entrailles du palais : de nombreuses bottes couraient sur le sol de marbre et venaient à eux.

Quelque chose n'allait pas.

Soudain, la garde du roi fit irruption sur la terrasse. Les visages des soldats étaient pâles et, comme un seul homme, ils s'avancèrent jusqu'à Corso. Le prince les accueillit avec un regard impénétrable, mais Rosie crut déceler, au détour d'un reflet de lune, un éclair de choc sur son visage. Elle était encore confuse, mais Corso s'était déjà redressé de toute sa taille. Les gardes posèrent tous genou à terre. Dans le silence abasourdi, leur annonce résonna aussi fort que la haute pendule :

— Le roi est mort !

Et encore :

— Longue vie au roi !

3.

Sept ans plus tard

Les bois étaient sombres et denses. Corso avançait sans témoin, dissimulé sous la canopée. Il n'y avait personne d'autre dans les environs, il s'en était assuré, malgré les avertissements inquiets de son équipe de sécurité. Des gardes restaient postés ici et là dans la forêt, mais aucun n'approcherait son périmètre, à moins d'une urgence. Corso avait exigé leur discrétion, et Corso était le roi : tout le monde courbait l'échine devant ses ordres.

Il n'en voulait pas moins. Alors pourquoi désirait-il parfois, dans le secret de son cœur, qu'on lui refuse ses caprices ?

Tout était calme, ici. Il n'entendait que le murmure de la brise dans l'ombre sylvestre, une caresse fraîche, bien différente des chaleurs dorées de Monterosso. Il y avait quelque chose d'excitant à être loin de son pays, en Angleterre. Depuis qu'il avait hérité du trône, il avait presque oublié le luxe de la solitude et du silence. Là, sur le chemin du cottage de Rosie, il avait l'impression d'effleurer la paix ; ou peut-être la fantasmait-il. Un bref moment d'anonymat, assez exquis pour invoquer l'illusion d'une vie plus clémente que la sienne.

Il secoua la tête. L'herbe était toujours plus verte chez le voisin. La beauté de l'inconnu était toujours plus tentatrice que les exigences de la réalité. C'était une illusion.

Une volée d'oiseaux quittèrent soudain leur perchoir,

dans les hautes branches, et Corso se raidit. Quelqu'un approchait. Bientôt, à quelque distance du couvert des arbres sous lequel il évoluait, une silhouette à vélo apparut sur le sentier accidenté qui menait au cottage.

Ce ne pouvait être que Rosie, mais il ne l'aurait jamais reconnue, pas dans d'autres circonstances. Elle portait un casque ainsi que des vêtements sombres et informes. Comment réagirait-elle en le voyant ? Approuverait-elle la méthode qu'il avait choisie pour la recontacter, une visite, plutôt qu'un simple coup de téléphone ?

Il avait hésité mais, d'instinct, avait choisi de la surprendre. Ils s'étaient peut-être perdus de vue, mais Rosie avait toujours respecté l'anticonformisme. Et il avait trouvé dans cette approche peu orthodoxe une étrange liberté. Habituellement, son emploi du temps était régi de seconde en seconde, mais aujourd'hui… aujourd'hui, il était maître de sa destinée.

Rosie, néanmoins, ne l'accueillerait sans doute pas à bras ouverts. Il ne lui avait pas reparlé depuis sa dramatique accession au trône. Et il n'aurait pas repris contact s'il n'avait pas été convaincu que Rosie Forrester était la personne dont il avait besoin. D'aucuns auraient peut-être hésité à faire cette demande, mais pas Corso. Il était certain qu'elle ploierait sous l'inexorable poids de sa volonté royale. Le père de Rosie était un homme loyal, un homme de devoir et d'obéissance, et Rosie sortait du même moule.

Au loin, il la vit descendre de vélo et disparaître dans la maisonnette. Il remonta le sentier de boue et de gravier, puis toqua à la porte. Quelques instants plus tard, le battant s'ouvrit. Sur le seuil, Rosie accusa le coup, visiblement abasourdie.

Il s'était attendu à sa surprise, mais pas à son aversion. Une étincelle de fureur brilla dans les yeux dont il avait oublié la couleur – un gris doux comme les ailes d'une tourterelle, capable néanmoins de s'assombrir comme un des jours d'orage qu'il aimait tant à Esmelagu, la capitale de Monterosso. Il se sentit un instant déséquilibré par ce fragment de beauté inattendu, mais elle baissa les paupières, et les cils pâles voilèrent immédiatement la nuance ténébreuse.

— Bonjour, Rosie, dit-il doucement.

— Je n'arrive pas à croire que c'est toi.

Il sourit. Elle ne lui rendit pas la pareille.

— Ah. Surprise que je te fasse un tel honneur ?

— Pas vraiment, non.

Puis, comme si elle venait de se souvenir des convenances, elle ajouta d'un ton acide :

— Votre *Altesse.*

Frappé de plein fouet par son hostilité, Corso plissa les yeux. Une telle réaction était rare. Même lorsqu'on le haïssait, et beaucoup le haïssaient sans doute, sa position forçait le respect. Les gens pensaient le satisfaire en lui offrant une obséquiosité aussi mielleuse qu'hypocrite. Ils ne comprenaient pas, bien sûr, combien cette attitude l'amusait… ou l'ennuyait. Rosie, elle, ne désirait pas l'impressionner. Elle le fixait avec une moue têtue, les bras croisés. Lui en voulait-elle toujours pour leur dernière conversation ?

Cette expérience avait été une épiphanie, à l'époque. Il avait vécu avec tant d'imprudence, mais les stratagèmes de Tiffany Sackler lui avaient appris la méfiance. Peut-être aurait-il dû exprimer sa gratitude à Rosie. Il savait, désormais, qu'il ne pouvait faire confiance à personne, ou presque. Cette force de caractère lui avait été nécessaire pour supporter les sombres révélations qui l'attendaient derrière le trône. C'était ce qui l'amenait jusqu'au cœur de la forêt britannique, aujourd'hui.

— J'ai besoin de te parler, dit-il avec un nouveau sourire.

Mais son charme n'y faisait rien. Rosie semblait y être

indifférente. Elle se contenta de jeter un coup d'œil méfiant par-dessus son épaule.

— Où est ta garde ? Ta voiture blindée ? La populace en extase ?

— Mon équipe de sécurité attend un peu plus loin, dans les bois. Ne t'inquiète pas pour ma sécurité, Rosie.

— Je me fiche de ta sécurité. Je m'inquiète pour ma vie privée, Corso.

— Ta vie privée ?

— Oui. Je n'ai aucune envie que tous les magazines du pays viennent envahir ma vie parce qu'un roi méditerranéen a décidé de visiter un petit hameau d'Angleterre.

— Je suis roi, c'est vrai, rappela-t-il d'un ton léger. Tu ferais bien de t'en souvenir.

Elle le foudroya du regard, mais peut-être réagissait-elle mieux à l'autorité qu'à la persuasion : elle se redressa et fit un pas en arrière pour lui laisser le passage.

— Viens, si tu insistes.

— Ton enthousiasme me flatte, railla-t-il.

— Si tu préfères, tu peux rentrer chez toi, rétorqua-t-elle.

Corso pinça les lèvres. Exceptionnellement, puisqu'il avait besoin de son aide, il laisserait passer son intolérable impolitesse.

Il courba la tête et entra dans le cottage, évitant de peu une poutre apparente. Lorsqu'il se redressa, il s'aperçut qu'il se trouvait dans la pièce la plus petite qu'il ait jamais vue. Il embrassa les alentours du regard, curieux de voir comment Rosie vivait.

De toute évidence, très modestement. Ses sources le lui avaient déjà confié, mais les lieux confirmaient leurs informations. La maisonnette, dans l'écrin des bois, était exquise, mais l'intérieur suggérait des moyens limités. Le petit canapé usé avait des accoudoirs élimés. Sur une table tout aussi petite, à côté de laquelle Rosie avait laissé son casque, un vase empli de vives jonquilles égayait la pièce – une touche parfaitement britannique. Mais c'était l'objet, plutôt que le bouquet, qui retint son attention : un vase en céramique aux superbes nuances de bleu, un style de poterie typique de Monterosso. Un des rares commerces innocents de son pays, songea-t-il avec amertume, avant de se tourner vers Rosie.

À lui, maintenant, d'être surpris. Non plus par son regard méfiant, mais parce qu'elle avait ouvert sa grande veste imperméable et révélé des courbes jusque-là dissimulées.

Corso déglutit.

De quand datait cette métamorphose ?

Les angles maladroits et les côtes apparentes de sa silhouette garçonne avaient disparu, remplacés par une poitrine généreuse, modestement couverte d'un pull bleu nuit brodé d'un petit train rouge. Ses jambes, autrefois cagneuses, étaient maintenant fines et fuselées, discrètement définies par l'étoffe grossière de son pantalon.

Mais la transformation ne s'arrêtait pas là, il le voyait sur son visage têtu. Elle ne l'aurait jamais regardé de cette façon, auparavant, jamais avec une telle… insolence. Une insolence qui éperonna son esprit et enflamma ses veines, avant qu'il ne se reprenne sévèrement. N'avait-il pas décidé, ces sept dernières années, de s'en tenir à l'abstinence ? Il avait assujetti sa libido et détourné son énergie grâce à un travail incessant et un programme sévère d'exercice physique. Il y avait bien longtemps qu'il n'avait pas laissé la caresse chaude du désir courir sur son échine.

Alors pourquoi était-il soudain assailli d'images obscènes, et avec quelqu'un d'aussi inapproprié que Rosie Forrester ?

Il s'éclaircit la gorge.

Le jeûne sublimait l'appétit. Un homme affamé rêverait nécessairement de dévorer la moindre miche de pain rassis, dès lors qu'elle serait offerte devant lui, plutôt que de fantasmer sur un banquet impossible.

— Comment vas-tu, Rosie ? s'enquit-il.

Une question plaisante, formelle. Il fallait rappeler, à Rosie comme à lui-même, l'ordre naturel des choses. Une distance polie, digne d'une rencontre officielle.

— Je suis perplexe, répondit-elle en haussant les épaules. Pourquoi le roi de Monterosso vient-il d'apparaître sur mon perron sans prévenir ?

Corso fronça les sourcils. Où était donc l'enthousiasme auquel il était habitué ? Elle aurait pu, tout du moins, lui offrir une tasse de thé – quoi qu'il n'en voulût pas –, ou lui proposer de s'installer sur le canapé inconfortable – même s'il préférait s'en abstenir. Oui, Rosie avait bien changé.

Mais, après tout… c'était aussi son cas. Sept années ne laissaient personne indemne ; lui moins que d'autres.

De son côté, Rosie prenait garde à contrôler l'expression de son visage mais, intérieurement, elle était en proie au chaos. Et pour une fois, ce n'étaient pas l'inquiétude qu'elle avait pour sa mère ou la peur du futur qui faisaient cavaler son cœur. Une désorientation inconnue avait brisé son équilibre.

Et Corso était l'œil du cyclone.

Corso Andrea da Vignola avait l'incroyable pouvoir de diminuer les dimensions déjà humbles de son cottage. Elle avait l'impression que les murs s'étaient rapprochés. Elle peinait à respirer, à réfléchir ou à se concentrer. Elle ne pouvait que le regarder, lui. Lui, et les linéaments ciselés de son visage, la hauteur aristocratique de ses pommettes, la courbe arrogante de sa bouche et la flamme métallique de ses yeux. Elle avait toujours su que son corps était fort et musclé – ses prouesses physiques étaient portées aux nues, à Monterosso –, mais elle éprouvait soudain de la difficulté à rester indifférente à ses attraits. Elle comprenait, maintenant, pourquoi la gent féminine se pâmait devant lui, à l'époque. Son cœur rata un battement. Était-elle donc soudain sensible à son charme, après tant d'années d'immunité ? Était-elle destinée à sombrer dans les rangs toujours croissants des femmes qui le désiraient, pire, qui s'étaient montrées prêtes à s'humilier pour l'accueillir dans leur lit ou obtenir sa main ?

Non. Non. Impossible.

Ne se souvenait-elle donc pas de leur dernière conversation ? Il avait été froid et cruel. Il l'avait accusée d'être jalouse et mesquine. Elle lui en avait longtemps voulu pour ces reproches. Jalouse ! Et il l'avait regardée de haut en bas avec un dédain incommensurable, comme il l'aurait fait avec un parasite écrasé sous sa semelle.

Le bal s'était terminé brutalement, ce soir-là. Le pays entier avait plongé dans le deuil. Pendant le vol du retour, Rosie s'était demandé si Corso avait noyé son chagrin dans les bras de Tiffany. Mais, si c'était le cas, leur liaison n'avait entraîné aucune conséquence. Tiffany Sackler avait épousé un gestionnaire de fonds financier et partageait son temps entre Manhattan et les Hamptons. Et si Rosie avait vu, en passant, des articles sur Corso, tous rapportaient qu'il restait résolument célibataire. Et de toute façon, elle ne lui portait plus d'intérêt.

Elle avait bien grandi, depuis leur dernière rencontre. Elle était différente. Elle avait coupé les ponts avec lui et laissé Monterosso derrière elle. Elle avait trouvé un emploi qu'elle aimait, même s'il ne payait pas très bien. Elle arrondissait ses fins de mois avec quelques projets additionnels, et elle avait presque terminé un master d'art en ligne. Elle avait trouvé sa voie, maintenant ; elle savait où elle allait. Elle n'avait plus besoin d'être d'accord avec lui, de s'incliner devant lui. Elle n'était pas obligée de lui parler, si elle n'en avait pas envie. Elle ne faisait pas partie de ses sujets et elle ne lui devait rien.

Rien, et surtout pas la déférence qu'il semblait attendre de tout un chacun.

— Je t'ai déjà fait une faveur, jadis, et tu me l'as renvoyée dans la figure.

— Et j'en suis navré.

Il hésita, comme si les mots lui manquaient.

— J'ai été… Je te suis très… reconnaissant, dit-il enfin, avec un effort visible.

Elle arqua un sourcil.

— Vraiment ?

— Vraiment. Malheureusement, tu n'as pas choisi le meilleur moment pour me le dire, et j'ai mal réagi.

— Je n'ai pas vraiment eu le choix, rétorqua-t-elle en soutenant son regard. Je n'ai pas pu t'approcher de la soirée. Mais peu importe, c'est du passé. Je ne sais toujours pas pourquoi tu penses que je pourrais te faire une faveur, Corso. Comment pourrais-je aider l'un des hommes les plus puissants du monde ? Je ne suis qu'une femme ordinaire.

— Et c'est peut-être là que tu peux m'être utile. Parce que tu es si ordinaire.

Son regard d'or liquide glissa sur elle.

— J'espère que je ne t'offense pas, ajouta-t-il.

— Pas du tout, mentit-elle.

— Si je comprends bien, tu travailles sur une ligne de chemin de fer ?

Elle hocha la tête.

— Je m'occupe du chariot de friandises sur la ligne de Cornwall au départ de Paddington. C'est mon uniforme, d'ailleurs, signala-t-elle en tapotant son écusson.

Corso hocha la tête.

— J'avoue que j'ai été surpris quand mon équipe m'a

transmis cette information. Ce n'est pas la profession que j'aurais imaginée pour toi.

Rosie plissa les yeux. Il devait être désespéré, s'il lui faisait ainsi la conversation.

—Vraiment ? s'enquit-elle innocemment. Et quelle profession aurais-tu imaginée pour moi, Corso ? Je suis persuadée que ma carrière potentielle t'a tenu bien souvent éveillé, ces dernières années.

Son sarcasme ne lui arracha qu'un léger froncement de sourcils.

— Une carrière dans les antiquités, peut-être ? suggéra-t-il malgré tout. Ou dans l'art, la littérature. Tu aidais ton père, à l'époque, non ? Je vous ai souvent vus restaurer des artéfacts anciens…

Rosie regretta soudain de l'avoir provoqué. Sa réponse ne se voulait pas cruelle, mais elle la poignarda en plein cœur. Bien sûr, elle aurait aimé suivre les pas de Lionel Forrester et continuer son travail, mais les opportunités en archéologie étaient rares, et la vie avait eu d'autres projets pour elle, des projets encombrés de sombres spectres – les dettes, la faillite. La fragilité humaine, et les sacrifices terribles auxquels une personne était prête à consentir par amour. Le cœur lourd, elle reprit :

— Oui, j'aimais beaucoup travailler avec lui. Il m'a transmis son savoir sur l'histoire de Monterosso, et je lui en suis très reconnaissante. J'ai presque terminé mon diplôme d'art, si tu veux tout savoir.

— J'ai cru comprendre, oui.

— Ah. Ton équipe a aussi trouvé cette information-là.

— C'est pour cela que je les paye.

— Je viens de rendre mon mémoire. Je n'ai pas encore validé la dernière année.

— C'est ce qui m'amène ici. Si tu veux bien écouter ma requête ?

Il était si surprenant d'entendre Corso demander la permission que Rosie resta un instant silencieuse, éberluée. Elle était tentée de refuser. Elle aurait aimé l'envoyer sur les roses et lui ordonner de la laisser en paix pour toujours. Surtout, d'emporter avec lui les émotions tumultueuses qu'il lui inspirait.

Mais elle le savait, elle avait au moins le devoir de l'écouter. Parce que son père l'aimait, l'aimait comme le fils qu'il n'avait jamais eu. En avait-elle été jalouse, à l'époque ? Peut-être. Elle l'avait admiré, aussi. Le passé était compliqué.

Et puis, elle ne pouvait pas le nier, elle était curieuse.

— Je t'écoute, dit-elle. Tu ne veux pas t'asseoir ?

Non, il ne voulait pas s'asseoir. Il ne prit pas la peine de secouer la tête, mais resta debout et raide, comme si le concept de confort lui était étranger, alors qu'elle prenait place à table. Il dominait l'espace, grand et tellurique au milieu de cette pièce familière, et soudain Rosie aurait aimé être aussi loin de lui que possible. Il avait l'air plus vieux, et il avait gagné en cynisme. Les lignes, autour de sa bouche, étaient plus prononcées, et ses cheveux de feu sombre étaient saupoudrés, très discrètement, de quelques éclats argentés. Il avait toujours été svelte et musclé, mais il n'avait jamais semblé plus dur qu'aujourd'hui, comme s'il avait passé les sept dernières années à émonder toute trace de ses anciennes douceurs. Il avait sans doute voulu passer inaperçu, et portait un jean et une veste en cuir, mais ses efforts étaient vains, et son lignage royal irradiait de lui comme une aura solaire. Il exsudait le charisme, le pouvoir, et quelque chose d'autre… Un sex-appeal pur.

Rosie se morigéna silencieusement. Une brûlure était née au creux de ses reins et la torturait lentement, comme une montée de lave, si délicieuse qu'elle la terrifiait. Elle ne voulait pas penser à lui de cette façon. Elle voulait retrouver son immunité d'antan et rester libre du désir douloureux qui éveillait son pauvre corps oublié.

— Corso ? Je suis tout ouïe, reprit-elle, pour se distraire autant que pour l'encourager.

Corso retomba brutalement sur terre. Il avait été momentanément fasciné par l'éclat de ses cheveux pâles, juste un ton plus clair que les jonquilles. Il jura intérieurement. Quelle pensée ridicule, et quelle idée de s'en préoccuper à un moment pareil !

Il fronça les sourcils. Que pouvait-il lui avouer ? Que devait-il lui cacher ? Son cœur se serra. Elle n'avait besoin de savoir que le strict minimum. Cela valait mieux.

Information était synonyme de pouvoir, et il avait besoin de tout le pouvoir possible. Il craignait trop souvent que sa découverte ne vire au danger, non pas pour lui, mais pour son peuple. Si le passé revenait le hanter, alors l'avenir même de son pays en serait bouleversé.

— Ton père a découvert les antiquités les plus importantes et les plus anciennes de Monterosso, dit-il enfin. En particulier, la collection de bijoux de notre jeune et tragique reine, morte en couches il y a quatre mille ans.

— Tu n'as pas besoin de me le rappeler, murmura Rosie. C'est ce trésor qui a entraîné sa mort. S'il n'était pas retourné dans la tombe sous-marine une seconde fois sans attendre son équipe… il serait peut-être encore en vie aujourd'hui.

Le visage de Rosie avait pâli, et sa voix était teintée de chagrin, mais il y décelait également une accusation, tremblant au creux de ses mots aussi subtilement qu'une brise nocturne. Corso plissa les yeux. Tenait-elle donc Monterosso pour responsable de cet accident ?

— Lionel était un archéologue passionné, Rosie, et la

passion pousse au risque, répondit-il, adouci. Il avait choisi cette vie-là, et elle le rendait heureux.

— Je sais. Mais parfois, j'ai l'impression qu'il est mort pour rien. Les trésors qu'il a exhumés n'ont jamais été exposés ou même publiés. Sa plus tragique découverte est tombée dans l'oubli. C'est comme si elle n'avait aucune importance.

— C'est ce que je pense aussi, Rosie. Et c'est pour cela que je suis ici.

Rosie se figea, le cœur battant. Le sourire avec lequel Corso avait accompagné ses mots était étrange. Elle ne savait comment l'expliquer. Parce qu'il semblait teinté de manipulation ? Ou parce qu'il éveillait dans son âme une transe hypnotique, aussi douce et lourde que du miel ?

Corso était-il en train de jouer avec elle, brandissant un hameçon expert pour mieux la tirer sur la berge ?

— Je veux que le monde voie ces bijoux et admire leur splendeur, continua-t-il. J'ai des projets pour le futur de Monterosso, Rosie, et cette collection m'aidera à les atteindre. D'abord, je veux exposer ces merveilles dans les plus belles villes du monde, Paris, New York, Londres. Et je veux que tu viennes avec moi.

4.

Les promesses soyeuses du roi flottèrent un moment dans l'humble salon du cottage, et Rosie cligna des yeux, ébahie.

— Tu veux que je t'accompagne ? Je ne comprends pas. Pourquoi moi, Corso ?

— C'est pourtant simple, dit-il avec toute l'impatience d'un homme peu habitué à devoir se répéter.

Il tira enfin une chaise à lui et prit place à la table, face à elle, si proche que Rosie pouvait sentir – ou l'imaginait-elle ? – la tiédeur de son souffle et voir les paillettes ambrées de ses yeux d'or sombre. Sa proximité la ramena en arrière. Se rappelait-il leur avoir rendu si souvent visite dans leur maison prêtée par la Couronne, à Monterosso, et de s'être assis avec eux pour partager leur repas ? Leur mère avait encouragé Rosie et sa sœur à toujours traiter le prince « normalement » et, à l'époque, ils étaient tous assez jeunes pour n'y voir aucun inconvénient. Rosie se souvenait de ces après-midi passés ensemble. Il lui avait semblé si seul, déjà, et son cœur avait souffert pour lui.

Mais elle n'était qu'une enfant naïve, en ce temps-là. Corso était la personne la moins solitaire de la planète. Il était idolâtré, adoré. Il avait toujours été chéri, et dès le berceau ; lorsqu'il levait un petit poing potelé vers ses nourrices extasiées, tous ses caprices étaient exaucés. Le seul fils et l'unique héritier d'un mariage royal. Oui, son père était souvent absent, et sa mère avait longtemps été malade avant de s'éteindre, mais, jour et nuit, il était entouré de sujets prêts à tout pour le satisfaire. Alors pourquoi, *pourquoi* était-il venu jusqu'ici ?

— Quand j'ai hérité du royaume, il y a sept ans, j'ai appris à observer mon pays différemment, non plus comme un héritier du trône, mais comme son dirigeant.

Corso s'interrompit un instant pour peser ses mots. Rosie n'était pas aussi soumise qu'il s'y était attendu. Il avait pensé qu'elle accepterait sa proposition avec gratitude, plutôt que le scepticisme avec lequel elle le dévisageait à cet instant. Mais après tout, il était venu jusqu'ici parce qu'il lui faisait confiance, et cela voulait dire qu'il pouvait lui parler.

La gorge sèche, il déglutit.

Lui parler, mais pas de tout.

— Ce sont deux positions très différentes. J'ai découvert des choses auxquelles je ne m'attendais pas…

— Quelles choses ? le coupa-t-elle.

Il lui jeta un regard de réprimande. Il n'aimait pas être interrompu, et encore moins questionné. Néanmoins, s'il voulait rentrer dans les bonnes grâces de Rosie, il était clair qu'il devrait faire preuve de diplomatie. Malgré son agacement, il hocha poliment la tête.

— La gouvernance de mon père n'est pas celle à laquelle j'aspire, Rosie. Et l'héritage qu'il a laissé derrière lui n'est pas… idéal. Maintenant que ma position est stable, j'ai l'intention de faire bouger les choses.

— Un coup de balai, murmura-t-elle, pensive.

— En quelque sorte. Avant d'endosser le poids du trône, je n'avais pas réalisé combien j'aimais mon pays. Ou du moins, le pays que je veux qu'il soit. Je veux forger un nouveau Monterosso. Un pays dont l'économie ne serait plus dépendante du jeu. Savais-tu que nombre d'hommes d'affaires douteux considèrent aujourd'hui Monterosso comme un paradis fiscal et y injectent leurs profits de source criminelle ? Non, je veux développer des revenus intérieurs dont mon peuple le premier profitera. De l'écotourisme, pour commencer. Notre voyage me permettra de présenter la richesse culturelle de ma nation, mais ce sera aussi l'opportunité de divertir les investisseurs avec qui j'ai déjà rendez-vous et d'en attirer d'autres. Un puissant passé est le tremplin d'un grand futur.

Rosie prit le temps de considérer ses dires, jouant machinalement avec le bout de sa tresse. La coiffure était empreinte de sobriété, mais elle avait sur lui un effet parfaitement inapproprié : face à elle, à cet instant, il s'imaginait passer les doigts dans ses cheveux pour les défaire, et enfouir ses mains dans leur pâleur de soie…

Il fronça les sourcils, tendu de désir.

— Pas besoin de me foudroyer du regard, Corso. Je vois bien que tout cela est important pour toi, mais je ne sais toujours pas pourquoi tu as besoin de moi. Je n'ai même pas fini mes études d'art ; je n'ai aucune expérience.

— Tu n'as pas *besoin* d'expérience.

Ce qu'elle ne savait pas, bien sûr, c'était la vraie raison de cette excursion : sous le couvert de leur rayonnement culturel, il voulait en profiter pour enterrer la menace potentielle d'une guerre dynastique. Le visage de son demi-frère lui vint à l'esprit – un visage familier, pour un demi-frère inconnu, installé à l'autre bout du monde. Un homme qu'il ne voulait pas rencontrer. Mais il ne pouvait continuer à nier la réalité.

— Mes historiens ont déjà pris tout cela en charge.

— Alors emmène-les.

— Non. C'est toi que je veux. C'est toi qui donneras vie à ces bijoux, Rosie, parce que tu es la fille de Lionel. Ta présence engendrera une publicité inestimable. Tu pourras enfin faire reconnaître le nom de ton père. Bien sûr, ajouta-t-il en laissant glisser son regard sur elle, nous avons quelques défis devant nous. Nous avons un long chemin à faire vis-à-vis de ton apparence…

— Qu'est-ce qu'elle a, mon apparence ? rétorqua Rosie.

— Rien de spécial ! Ce qui est, bien sûr, approprié pour le genre de vie que tu mènes, mais pas pour une tournée royale.

— Si tu essayes de m'insulter, Corso, c'est réussi.

Corso soutint l'éclat tempétueux de ses prunelles.

— Je n'ai proféré aucune insulte. Préfères-tu la flatterie à la vérité, ces jours-ci ? Tu ne manques rien, je te le garantis. La beauté peut être une véritable malédiction, tu sais.

— Non mais, tu t'entends, Corso ?

Rosie secoua la tête et changea de sujet avant que la conversation ne vire à la dispute.

— Peu importe. C'est une offre avantageuse, mais je suis obligée de la refuser.

Il fronça les sourcils. Rosie retint un sourire. Elle savait qu'il n'était pas habitué à l'opposition, mais tant pis. Un caprice contrarié lui ferait le plus grand bien.

— Tu plaisantes.

— Je suis parfaitement sérieuse.

— Et pourquoi donc ?

Parce qu'elle savait combien le monde des souverains était tentateur. Elle se souvenait des avantages dont les proches de la famille royale profitaient eux aussi. L'obséquiosité à outrance, le luxe, les offrandes. Elle n'avait plus sa place dans ce monde-là.

Mais il y avait autre chose : elle n'aimait pas ce qu'elle ressentait en présence de Corso. À cet instant précis, sous l'intensité de son regard scrutateur, elle avait la chair de poule. Elle ne l'avait jamais trouvé attirant, auparavant, mais quelque chose avait changé. Et il n'était pas seulement séduisant : il était dangereux, bien trop dangereux pour une femme aussi inexpérimentée qu'elle.

— J'ai un emploi, Corso. J'ai un salaire stable. Je ne vais pas leur annoncer que je pars du jour au lendemain pour aller m'amuser avec le roi de Monterosso.

Il laissa le silence s'étirer un moment.

— Puis-je te faire changer d'avis ?

— Non.

— En es-tu certaine, Rosie ? s'enquit-il d'une voix qu'elle ne lui avait jamais entendue, une voix aussi doucereuse que prédatrice. Car je suis bien certain que ton salaire, aussi stable soit-il, est trop modeste pour tes besoins. Ai-je tort ?

Rosie se redressa sur sa chaise. La demande n'était pas exactement une menace, mais quelque chose d'inquiétant vibrait sous sa douceur.

— Qu'est-ce que ça peut te faire ? Mon salaire ne te concerne pas.

Corso retint un soupir. Pendant un instant, le regret le retint presque. Il aurait préféré ne pas en arriver aux négociations douloureuses. Il aurait aimé qu'elle se plie à ses désirs comme tout le monde l'avait toujours fait.

— Pourquoi ne pas prendre des congés ? Notre tournée ne durera même pas un mois. Mes assistants peuvent se charger d'organiser tout cela pour toi.

— Non merci.

— Ou bien, tu pourrais quitter le chemin de fer. Saisir de nouvelles opportunités. J'ai des contacts dans le monde de l'art. Je suis prêt à être très généreux, Rosie.

Il sortit son stylo de sa poche et prit le temps d'écrire la somme sur une de ses cartes avant de la glisser jusqu'à elle. Elle écarquilla ses beaux yeux gris, mais le choc s'évanouit presque aussitôt – remplacé par une fureur silencieuse qu'il trouva étrangement attrayante.

—Tu ne peux pas réorganiser ma vie pour arranger la tienne, et tu ne peux *certainement* pas m'acheter. Je ne fais pas partie de tes sujets, Corso, bien au contraire !

De nouveau, un frisson de désir le parcourut. Oh ! il trouvait sa truculence intensément provocante. Ses lèvres roses étaient entrouvertes, ses joues avaient la couleur des pivoines et, malgré son pull affreux et son pantalon de toile trop large, il avait l'envie dévorante de l'attirer dans ses bras pour l'embrasser à perdre haleine.

— Je te conseille de prendre en compte deux choses très importantes, rétorqua-t-il d'une voix qu'il espérait ferme, malgré le sang qui rugissait exquisément dans ses veines.

— Dis-moi tout, le défia-t-elle en levant les yeux au ciel.

Une seconde, il savoura cette impudence qu'il s'apprêtait à lui soumettre. Il allait lui rappeler l'ordre naturel des choses.

— D'abord, que je ne supporterai pas qu'on me parle de cette façon…

— Tu peux toujours partir.

— Et deuxièmement, siffla-t-il en ignorant tant bien que mal le balancement hypnotique de sa tresse épaisse sur la courbe généreuse de son sein, je te rappelle que les taux d'intérêt des cartes de crédit sont très hauts. Si tu n'es pas prudente, tu risques de devoir payer tes dettes jusqu'à la fin de tes jours.

Enfin, il avait instigué une réaction, mais elle était plus profonde qu'il ne l'avait anticipé. Tout le panache de Rosie disparut brutalement. Épaules voûtées, visage pâle, elle leva vers lui des prunelles pleines d'inquiétude où il vit trembler une étincelle de reproche. Étrangement, il se sentit coupable.

— De quoi parles-tu ? murmura-t-elle.

— Tu peux feindre l'ignorance, Rosie, mais je connais ta situation.

— Quelle situation ? Qu'est-ce que tu sais exactement, Corso ?

— Je sais que tu as déjà un lourd crédit. Que tu as le droit de vivre dans cette maisonnette seulement parce qu'elle fait partie d'un domaine dont tu aides à entretenir la demeure principale, une situation, somme toute, qui dépend uniquement de l'absence du propriétaire sicilien qui n'a pas besoin d'installer ici un garde-chasse puisqu'il ne vit pas sur les lieux. Comme tu ne payes pas de loyer, tu peux allouer la grande majorité de ton salaire aux énormes dettes que ta mère a contractées envers la justice. Comme ta sœur et toi vous êtes proposées comme garantes, c'est vous qui devrez les payer dans leur intégralité.

Il s'interrompit et laissa sa curiosité l'emporter.

— Qu'a-t-elle fait, Rosie ? Quel est donc son crime ?

— Je suis surprise que tu ne l'aies pas découvert.

— Je n'ai demandé que les informations nécessaires. Mais crois-moi, si vous ne trouvez pas bientôt une solution, ton avenir et celui de Bianca pourraient bien être scellés.

— Et quelqu'un comme toi en connaît un rayon sur l'endettement, bien sûr, railla-t-elle.

Mais, sous le couvert du sarcasme, le cœur de Rosie battait la chamade. Comment avait-il découvert leur situation, alors qu'elle et Bianca avaient tout fait pour la garder secrète ?

Oh ! mais elle était naïve. La puissance d'un roi était incommensurable. Bien sûr qu'il avait accès à ses informations bancaires, à son contrat de travail, à son emploi du temps quotidien. Après tout, il était arrivé juste à l'heure où elle rentrait de la gare, aujourd'hui. Elle ne pouvait rien cacher à un homme comme Corso.

— Alors quoi, tu me fais du chantage ? reprit-elle.

Il partit d'un grand éclat de rire, aussi vide et cruel qu'une bise hivernale.

— Ne sois pas si dramatique, la réprimanda-t-il d'une voix de velours. Je n'ai pas pour habitude de briser des vies. Je veux juste que tu comprennes quelque chose. Si tu me fais une faveur, je pourrai te rendre la pareille. Et la mienne te serait très bénéfique, tu ne penses pas ?

Rosie en avait le vertige. La baguette magique d'un roi méditerranéen pourrait effacer ses dettes. Oui, la tentation était insoutenable. Et pourtant, elle savait qu'elle ne pouvait pas accepter : elle voyait tous les signaux d'alerte. Elle ne voulait pas *dépendre* de lui. Elle et Bianca s'en sortaient tout juste, et c'était suffisant. Elle ne voulait pas être redevable à Corso. Elle avait échappé à Monterosso, à ses mirages de glamour et de luxe.

Et puis, elle n'aimait pas ce que le prince d'antan était devenu. Corso était fier, arrogant, froid. Elle n'avait jamais désiré quiconque avec tant de force, c'est vrai, mais elle voyait, sous le masque de sa beauté, une laideur à laquelle elle n'accepterait pas de s'allier.

— J'ai dit non, Corso. C'est ma réponse définitive.

Le visage du roi se froissa d'une incrédulité glacée.

— Et maintenant, continua-t-elle en bondissant sur ses pieds, je crains de devoir couper court à ta visite. J'ai du ménage à faire dans la grande maison avant que *signor* Corsini n'arrive avec ses invités.

5.

— Il a dit *quoi* ?

Rosie retint une grimace. Sur l'écran de son portable, le visage de Bianca était froissé de fureur.

— Il savait tout, pour les dettes de maman.

— Mais est-ce qu'il sait *pourquoi* ?

— Je ne crois pas, mais peut-être qu'il m'a menti. Avec Corso, on ne sait jamais.

— Et il veut que tu représentes le nom des Forrester et utilises la réputation de papa pour faire la publicité des bijoux. Combien d'argent t'a-t-il proposé ?

Quand Rosie répéta l'incroyable montant que Corso lui avait offert, Bianca se tut brutalement et resta un long moment silencieuse – une rare occurrence. Bianca était proactive et assurée. Brillante, avec des opinions arrêtées et la témérité de les exprimer, elle avait toujours avancé sans hésiter. Une meneuse à laquelle Rosie avait souvent été défavorablement comparée…

— Et qu'est-ce que tu as dit ? demanda enfin Bianca.

— J'ai refusé, évidemment, répondit Rosie sur la défensive. Je ne veux rien avoir à faire avec lui.

— Pourquoi pas ?

Parce qu'il m'attire horriblement. Parce qu'il me donne envie d'explorer ce que je n'ai jamais fait, et provoque en moi des sentiments que je n'ai jamais ressentis. Parce que, parce que…

— Parce qu'il est insupportable ! J'avais oublié combien il était arrogant.

Bianca haussa les sourcils.

— Les choses ont bien changé, dis donc. À l'époque, c'était à croire que Corso Andrea da Vignola allumait la lune, les étoiles et le soleil. Constamment Corso par-ci et Corso par-là »… Mais enfin, peu importe.

Rosie fit la moue, agacée – dans la voix de Bianca, elle reconnaissait quelque chose qu'elle n'avait pas entendu depuis des années, et un mauvais pressentiment lui nouait l'estomac.

— Où est-ce que tu veux en venir, Bianca ?

— C'est très simple, rétorqua Bianca avec toute l'autorité que ses droits d'aînesse lui conféraient. L'argent de Corso pourrait couvrir l'intégralité de nos dettes, et ce ne serait pas trop tôt. J'en ai assez de me serrer la ceinture tous les mois à cause de l'erreur stupide de ma mère. Je n'ai pas envie d'être poursuivie par les créditeurs toute ma vie. Alors voilà ce qu'on va faire : tu vas l'appeler et tu vas lui dire que tu es d'accord pour l'aider. Mais cette fois, tu demandes le double de ce qu'il te propose.

Si le téléphone n'avait pas été calé sur le bureau, Rosie en aurait lâché le combiné.

— Tu plaisantes ? s'exclama-t-elle. Je ne peux pas faire ça ! Sa proposition est déjà plus que généreuse !

— Cela ne représente rien pour lui, Rosie. Réfléchis. Avec une telle somme, on pourrait acheter une maison à maman près de chez sa sœur, alors qu'il nous aura seulement donné son argent de poche mensuel. C'est l'un des hommes les plus riches du monde.

— Je sais, marmonna Rosie, la gorge sèche. Mais ça me dérange de demander plus.

— Pourquoi ? s'enquit sa sœur en repoussant élégamment ses longs cheveux de jais.

Que pouvait-elle répondre ? Qu'elle ne voulait pas que

Corso la pense avide et cupide ? Que son opinion n'avait pas d'importance mais qu'elle lui tenait à cœur ? Bianca ne comprendrait jamais. Elle-même ne se comprenait plus.

Seulement voilà : quels que soient ses doutes, ses désirs, ses fantasmes, elle savait que Bianca avait raison. Les paiements mensuels drainaient autant sa joie de vivre et sa liberté que son compte en banque. Comment pouvait-elle laisser la faiblesse de sa chair se mettre en travers d'une opportunité qui changerait leur vie à toutes les deux ?

— Très bien, soupira-t-elle. Je vais lui demander.

— Parfait, roucoula Bianca. Tiens-moi au courant, sœurette.

Et elle raccrocha aussitôt.

Assise devant le petit bureau coincé entre le mur et l'armoire, dans l'unique chambre du cottage, Rosie prit son visage dans ses mains. Garder son sang-froid devant Bianca était une chose mais, maintenant qu'elle était seule avec ses pensées, elle appréhendait terriblement les semaines à venir. Elle baissa les yeux sur la carte qu'il lui avait laissée. Juste son nom et son numéro de téléphone.

Elle n'avait qu'à passer l'appel.

Au lieu d'attraper son portable, elle quitta le cottage et passa à la grande maison pour vérifier que tout était prêt pour la visite de Lucio Corsini, avant que la gouvernante, le chef et le majordome n'arrivent à leur tour. Elle ne savait pas comment Lucio réagirait en apprenant qu'elle devrait s'absenter pendant un mois avec le roi de Monterosso au lieu de veiller sur la demeure.

Elle ne composa le numéro de Corso qu'à son retour, une bonne heure plus tard. Dès que la tonalité s'éleva, elle retint son souffle, et arma son cœur contre la voix de velours qui chuchoterait bientôt à son oreille.

La précaution était inutile. Évidemment, Corso ne perdait pas son temps à faire le standard, et l'appel passa directement à une de ses assistantes, une jeune femme prénommée Ivana qui, après avoir entendu sa requête, déclara :

— Le roi aimerait que vous veniez le voir en personne.

— Mais je…

— L'ambassade se situe à Belgrave Square, continuait Ivana avec la patience d'une femme qui ne déviait jamais de ses ordres de mission. D'après mes informations, vous travaillez à Londres. J'aurais besoin de vos disponibilités afin de trouver un créneau dans l'emploi du temps de Sa Majesté. Ne vous inquiétez pas pour le transport ; nous pouvons sans difficulté faire envoyer une voiture.

— Non merci, grimaça Rosie en imaginant avec horreur une limousine, drapeaux aux quatre vents, venir la chercher au dépôt de Paddington. J'ai mon propre véhicule.

Et voilà pourquoi, le lendemain après-midi, elle se trouvait en train de pédaler le long de l'avenue Belgravia sous la bruine londonienne. Elle accrocha son vélo devant la grille d'une superbe bâtisse en stuc blanc dont l'entrée était gardée par deux agents en costume. Alors oui, elle était trempée à inonder le sol de marbre, et elle avait commencé à transpirer sous son imperméable jaune, mais Corso avait exigé qu'elle vienne le voir ; alors il la verrait, aussi ridicule soit-elle.

Et pourtant, malgré sa bravade, elle se sentit attifée comme l'as de pique lorsqu'on la guida jusqu'aux appartements du roi, à l'étage. Dans le couloir, elle dépassa hommes et femmes à l'élégance soignée, tous installés derrière leur bureau vitré et parfaitement organisé. Après une éternité de murs tapissés et de parquets brillants, on la fit enfin entrer dans le bureau du monarque. À sa grande surprise, Corso était seul.

Il était assis derrière une table monstrueuse, ancienne et sculptée dans un merisier aussi sombre que de l'onyx. Ses yeux tombèrent aussitôt sur un magnifique presse-papiers en cristal qui jetait sur les surfaces polies des éclats arc-en-ciel. Derrière Corso, d'exquises peintures de Monterosso égayaient la pièce – le célèbre lac de la capitale, sublimé par le jeu du couchant sur sa surface argentée, et un panorama des montagnes écarlates situées au nord du pays.

Monterosso lui manquait. La nostalgie était toujours là, elle ne pouvait l'ignorer.

Pas plus qu'elle ne pouvait ignorer Corso.

Nonchalamment assis dans un fauteuil au dossier haut, l'homme aux cheveux de feu l'observait avec amusement, comme s'il avait été parfaitement conscient qu'elle avait tenté, aussi longtemps que possible, de ne pas regarder dans sa direction. Il était… délectable. Sa gorge s'assécha immédiatement. Dans l'espoir de cacher son émoi, elle lui offrit un petit sourire aussi froid que l'hiver londonien.

Il portait un costume sombre, une chemise pâle et une cravate couleur d'ambre. Le portrait d'un de ses ancêtres, sur un mur annexe, affichait l'éclat impitoyable qu'elle devinait dans ses prunelles d'or. De père en fils, de dynastie en dynastie, les da Vignola avaient manipulé, dominé, et survécu coûte que coûte. Délectable ou non, elle ne pouvait pas faire confiance à Corso.

— Rosie, ronronna-t-il, déjà satisfait de sa victoire. Enlève donc ton manteau trempé et viens t'asseoir.

Elle ne voulait pas s'asseoir. Elle ne voulait pas être ici, et sa peau crépitait comme dans la chaleur d'un âtre. Malgré elle, elle retira sa capuche et son imperméable, et prit place face à lui.

— Tu voulais me voir en personne ?

— Effectivement. Tu es là pour accepter ma proposition, j'imagine ?

— J'ai parlé à ma sœur… Elle pense… *Nous* pensons toutes les deux que je devrais accepter ton offre.

— Parfait.

Rosie retint une grimace. Le plus dur restait à dire.

— À une seule condition.

— À une seule condition…, répéta Corso avec dans la voix une acerbité qu'elle ne savait comment interpréter. Et quelle est cette condition ?

— Je veux plus.

— Plus que quoi ?

— Plus d'argent, lâcha-t-elle, le cœur au bord des lèvres, alors que le visage de Corso se froissait de mépris.

Une vague de colère glaciale inonda les veines de Corso, mais un autre sentiment lui tordit aussi l'estomac : une profonde, surprenante déception. Oui, il avait poussé Rosie dans ses retranchements pour la convaincre de l'accompagner, mais il avait justifié son comportement sans peine. Après tout, sa générosité pourrait sauver la famille Forrester. Elle était la fille de son père, et il avait espéré, secrètement, qu'elle aurait hérité de la libéralité chaleureuse qu'il avait tant aimée chez Lionel. Avait-il imaginé qu'elle le verrait toujours comme une personne – comme son ami d'antan – plutôt que comme un symbole de pouvoir et de richesse ? Qu'après avoir réfléchi aux avantages de sa proposition, elle aurait finalement choisi de l'accepter non seulement pour les bénéfices proposés, mais aussi par nostalgie et par gratitude ? Oui.

Quel idiot.

Silencieusement, il maudit son idéalisme imbécile et la lame qui lui entaillait le cœur. Maintenant, il voyait le vrai visage de Rosie. Elle était plus cupide encore que les femmes qui le courtisaient, et moins intelligente qu'elle ne semblait le croire. Ne comprenait-elle donc pas que son attitude réduisait à néant les derniers vestiges de son affection pour elle ?

Il y avait un avantage à tout cela, néanmoins : il était plus facile de lui en vouloir que de la désirer, et plus facile de se focaliser sur sa vénalité que sur le demi-frère inconnu qui l'attendait dans les ombres de New York.

Un frère dont l'existence était la preuve irréfutable de l'imposture qu'avait été le mariage prétendu parfait de ses parents.

— Combien ? s'enquit-il d'une voix dure.

Étonnamment, elle rougit, et ses beaux yeux gris se voilèrent de chagrin. Il retint un soupir de frustration. Il était temps pour elle de choisir le rôle qu'elle voulait endosser, plutôt que d'hésiter entre l'intérêt et la sensiblerie.

— Hum… Je ne sais pas exactement, tergiversa-t-elle.

— Tu es une terrible négociatrice, siffla-t-il. Que voudrais-tu faire de cet argent, Rosie ?

Elle gigota légèrement sur sa chaise, un geste anodin qui, malheureusement, l'amena à baisser les yeux sur la courbe généreuse de ses seins, lesquels transformaient le plus ordinaire des pulls en l'une des tenues les plus provocantes qu'il eût jamais vue. Avec un effort de volonté extrême, il garda le regard fixé sur son visage.

— Je préfère garder ça pour moi.

— Et je préfère savoir. Non, mieux : j'en fais une obligation. Tu vois, Rosie, tu n'as pas le monopole des conditions tardives.

Elle sembla un instant sur le point de rétorquer, mais choisit finalement de hocher la tête.

— Nous voulons payer les dettes de ma mère et lui acheter une maison. Elle est obligée de louer une petite chambre dans le centre de Londres. Nous aimerions lui prendre un pavillon près de chez sa sœur.

Corso s'enfonça dans son siège, surpris par l'altruisme de ce projet. Peut-être avait-il été trop prompt à la juger… Mais il ne voulait pas revenir sur son opinion. Il ne voulait pas penser à Rosie en termes positifs. Oh ! il ne voulait pas penser à Rosie tout court.

— Dis-moi pourquoi elle est aussi endettée, murmura-t-il. Je crois que je mérite la vérité. Tu me demandes de payer pour son avenir, après tout.

Rosie frotta son front douloureux. Elle aurait aimé lui refuser l'information, mais il avait raison : s'il contribuait activement à résoudre cette situation, il avait le droit d'en connaître les détails. Et s'il le désirait, il pourrait toujours découvrir la vérité par lui-même. Alors pourquoi ne pas lui donner sa version, une version plus clémente qu'un dossier administratif ?

Avec un peu de chance, son haussement d'épaules cachait le chagrin immense qu'elle ressentait toujours en songeant aux erreurs de sa mère. C'était toujours le problème : remuer le passé faisait un mal de chien.

— Ma mère a changé lorsque mon père est mort.

— Ils partageaient quelque chose de rare, acquiesça Corso. Ils s'aimaient vraiment, non ?

Avait-elle imaginé l'amertume qu'elle décelait dans sa voix ?

— Oui, dit-elle avec un hochement de tête. Ils s'aimaient profondément. Il lui manquait terriblement. Lorsqu'elle l'a perdu, elle s'est effondrée, et elle ne s'est jamais vraiment reconstruite. Très vite, elle s'est inscrite sur un site de rencontres pour essayer de trouver un nouveau compagnon. Elle était désespérée. Je crois qu'elle voulait remplacer mon père coûte que coûte. Malheureusement, tu peux imaginer ce qu'elle y a trouvé à la place.

— Quoi donc ?

Elle secoua la tête avec un demi-sourire. Ah, évidemment, ces expériences étaient à des années-lumière de la vie de Corso. Il ne vivait pas dans le même monde qu'elle. Peut-être n'avait-il même pas *besoin* d'imagination, quand tous ses assistants pouvaient faire le travail à sa place.

— Elle a donné son cœur à un homme qu'elle n'a jamais rencontré, aussi fou que cela puisse paraître.

— Donner son cœur est une chose que je n'ai jamais comprise, commenta-t-il d'une voix acide.

Il fit pivoter légèrement le fauteuil de bureau, et à travers les hautes fenêtres un rayon de soleil embrasa ses épais cheveux de bronze.

— Et alors ? Que s'est-il passé ?

— Elle lui a envoyé de l'argent à chaque fois qu'il trouvait une nouvelle excuse pour ne pas aller la voir en personne, souffla Rosie avec un petit rire creux. Il avait une multitude de prétextes. Il attendait un virement qui n'arrivait pas, il allait recevoir de l'argent très vite, son ex lui devait des mille et des cents. Ma mère voulait l'aider. Bien sûr, pour n'importe qui, ce sont des mensonges évidents, mais elle lui faisait confiance. Elle était aveuglée par la solitude et la tristesse, ainsi que par les trois mots les plus manipulateurs du monde.

— Quels mots ?

— Corso, utilise ta tête, rétorqua-t-elle.

— Je t'aime ? hasarda-t-il en haussant les épaules.

Et étrangement, follement, pendant une fraction de seconde, Rosie se prit à imaginer un monde où ce roi couronné de feu lui déclarerait son amour.

Que lui arrivait-il ? Était-elle donc aussi naïve que sa mère ? Elle frissonna.

— Bravo, répondit-elle d'un ton plus sec qu'il ne le méritait. Quand Bianca et moi avons enfin découvert la vérité, il était trop tard. Elle avait tout perdu – trop perdu.

Le chagrin de sa mère était une leçon importante sur le deuil et le désespoir. La peur de finir seul pouvait rendre fou, elle l'avait vu de ses propres yeux. Elle était chanceuse d'avoir échappé aux envolées lyriques de la romance. Pourquoi risquer une relation amoureuse alors sa conclusion se solderait nécessairement par la douleur et la destruction ?

Elle leva les yeux vers Corso. Dans le regard métallique, il n'y avait ni compassion ni sympathie.

— Alors mon intervention arrive à point nommé, dit-il.

— Tu veux dire que tu acceptes mon prix ?

Corso laissa courir son regard sur Rosie. Une petite voix lui soufflait de la ménager, mais il n'avait aucune envie de s'y plier. Elle n'était plus la Rosie de l'époque. Il ne la connaissait plus et il ne lui devait rien.

— Oui, j'accepte ton prix, dit-il d'une voix polaire. Et par conséquent, tu vas accepter mes conditions.

Il s'interrompit en entendant quelqu'un toquer à la porte, et leva un regard irrité vers Ivana, qui se tenait sur le seuil.

— Que se passe-t-il ?

— J'ai l'ambassadeur de Maraban au téléphone.

— Donnez-moi cinq minutes, ordonna-t-il en balayant l'information d'une main nonchalante.

Il attendit que son assistante referme la porte avant de se tourner à nouveau vers Rosie.

— Tu me rejoindras dans une semaine à Paris.

— Corso, c'est impossible. Je ne peux pas quitter mon travail aussi rapidement.

— Je n'accepterai pas d'autres pourparlers, Rosie. La tournée commence à Paris dans une semaine, et je veux que tu sois présente dès la première étape. Si tu ne viens pas, tu n'auras pas mon argent, c'est aussi simple que cela. Mon équipe peut t'aider à trouver un remplaçant temporaire pour faciliter la transition, si cela t'est utile.

— Oh ! donc tu penses qu'on peut me remplacer au pied levé ?

— Tout le monde est remplaçable, Rosie. Même les rois.

— Même toi, Corso ? Non, tu plaisantes ! railla-t-elle.

Oh ! comme il aurait aimé lui ordonner de ne pas lui parler de cette façon… Il peinait à résister à cette Rosie-là, cette Rosie pleine d'esprit et d'insolence, tout feu tout flammes. Il voulait qu'elle soit cupide et calculatrice. Qu'elle l'aide à renforcer ses préjugés, à se détacher du passé, lorsque la vie semblait si simple, et qu'elle représentait quelque chose de précieux – presque une amie.

Mais ce qu'il ressentait à cet instant n'avait rien d'amical ; c'était de la pure convoitise.

Il s'autorisa enfin à la contempler. Ses vêtements étaient simples et modestes, mais ne cachaient pas son corps pulpeux, ni ses courbes fermes, acquises sans doute naturellement, dans l'effort régulier de son quotidien et de sa profession. Ses cheveux épais avaient la couleur pâle de l'aurore. Une adorable fossette creusait la douce ligne de sa joue.

Où s'était-il donc perdu ? Il avait commencé cette inspection dans l'espoir de lister ses défauts et ses imperfections, pas ses attraits.

— Il faudra aussi que nous te trouvions de nouveaux vêtements.

— Parce que tu penses que je n'ai rien d'approprié, marmonna-t-elle en levant les yeux au ciel.

— Ai-je tort ?

Rosie le foudroya du regard. Bien sûr qu'elle ne possédait rien de convenable pour un séjour chez les têtes couronnées. Elle n'avait qu'une robe, et elle ne l'avait pas portée depuis des années.

— Tu as raison, je suis à court de diamants, cette année.

— Pas besoin de diamants pour la télévision. Il te faut quelque chose de simple mais de sophistiqué.

— Pour la télévision ? répéta-t-elle en se redressant brusquement dans son fauteuil. Tu te fiches de moi ?

— Baisse d'un ton, si tu ne veux pas que mes gardes du corps t'arrêtent pour outrage.

— Corso, siffla-t-elle, écoute-moi.

— Je t'écoute.

— Je ne peux pas passer à la télévision. Je n'ai aucune expérience, et je…

— Tu as toute l'expérience dont tu as besoin. Tu connais ton sujet. Tu connais ton père…

La voix de Corso se brisa légèrement avant que sa tessiture souveraine n'en cache aussitôt la fissure.

— Tu connais ton père, répéta-t-il plus fermement, et les trésors qu'il a découverts mieux que personne.

— Tu sais très bien que ce n'est pas aussi simple ! Je n'ai rien à faire à la télévision – je sers des sandwichs et du thé dans des wagons brinquebalants, pour l'amour du ciel !

— Tout le monde peut passer à la télévision, de nos jours. Je m'assurerai que tu profites d'une courte formation médiatique avant de te jeter dans la fosse aux lions.

— Corso…

— Rosie, la coupa-t-il avec un claquement de doigts impatient, je n'ai vraiment pas de temps à accorder à ces sottises. Si je nourris ta peur, elle ne fera qu'empirer. Tout ira bien. Rejoins-moi à Paris. Mes assistants se mettront en contact avec toi pour arranger ton voyage.

Il la fixait avec insistance, et elle remarqua enfin qu'Ivana était réapparue sur le seuil du bureau et attendait pour la raccompagner dans le hall. Le visage brûlant, elle bondit sur ses pieds et attrapa son casque encore humide de pluie. Ses mains tremblaient, et pas seulement parce qu'il l'excédait. Non… La colère n'était pas assez forte pour noyer l'attrait de ses yeux étincelants, de sa chevelure de flammes, de son corps dur et puissant. Comment osait-il la troubler ainsi, alors même qu'il était si cavalier, si arrogant, si dédaigneux ?

Une fois dehors, pendant qu'elle détachait l'antivol de son vélo, elle leva les yeux vers l'étage qu'elle venait de quitter et y découvrit une ombre bien connue. Il faisait trop sombre, maintenant, pour qu'elle puisse deviner les traits de son visage, mais elle aurait reconnu sa silhouette haute et raide n'importe où. Elle tendit une main hésitante pour lui faire au revoir mais n'obtint aucune réponse. Une pointe de déception la transperça lorsqu'il se détourna lentement, comme pour la congédier. Elle grimpa sur son vélo et tourna dans l'avenue, le cœur battant.

Elle avait la peur au ventre. Elle n'avait rien d'une Cendrillon. Elle ne voulait pas de nouveaux vêtements, et certainement pas d'attention médiatique. Mais elle relèverait le défi que Corso venait de lui poser. Elle savait se comporter en société parce qu'elle y avait été élevée ; elle travaillerait d'arrache-pied pour tenir ses promesses, parce qu'elle n'avait pas peur de l'effort. Elle obtiendrait l'argent dont sa mère avait besoin.

Et surtout, surtout, elle piétinerait son attirance pour Corso coûte que coûte.

6.

Dans le studio de télévision, Rosie croisa nerveusement les bras. Elle embrassa le chaos alentour du regard. Des meutes de Français couraient dans tous les sens.

— C'est toujours comme ça ? murmura-t-elle, les mains moites.

Le producteur – qui avait sûrement son âge, malgré son air extrêmement juvénile – secoua la tête.

— Non, c'est seulement parce que nous avons un roi sur le plateau, dit-il avec un sourire complice. Toutes les femmes veulent qu'il les remarque !

Rosie leva les yeux vers le moniteur, sur lequel les traits ciselés de Corso capturaient l'attention. Sa peau brillait comme du vieil or, ses yeux ourlés d'ébène étincelaient sous les projecteurs, et ses cheveux sombres semblaient ceints d'un feu nocturne. Bien sûr que tout le monde voulait son attention : il était sublime et, à cet instant précis, il menait l'interview avec une aisance totale.

Elle était la prochaine sur la liste. Elle était glacée de terreur. La maquilleuse tamponnait son front toutes les deux minutes, mais elle restait terriblement moite. Son cœur battait à tout rompre sous l'horrible robe noire qu'on lui avait demandé de porter. Elle inspira profondément, expira doucement. Comment en était-elle arrivée là, coincée dans un studio de télévision parisien, à attendre qu'un des historiens de l'art les plus respectés de France la cuisine publiquement sur d'anciens bijoux monterossiens ?

Elle ne pouvait, ne voulait pas rester ici.

Oppressée, elle se glissa à l'écart de la foule, dans les recoins sombres du plateau.

Déjà, la réalité avait pris l'étrange atmosphère d'un conte de fées satirique – au lieu d'un voyage en citrouille, on l'avait cueillie dans le secret de la forêt pour l'emmener à Paris, jet privé à l'appui. On l'avait conduite de l'aéroport à l'ambassade de Monterosso, située sur la luxueuse rue du Faubourg-Saint-Honoré, puis jusqu'à ses nouveaux appartements – une chambre d'une splendeur inimaginable. Elle n'avait eu le temps que de se brosser les dents avant qu'un styliste ne fasse irruption dans sa chambre avec des vêtements que Rosie n'aurait jamais choisis pour elle-même, et dont le prix – encore visible sur les étiquettes – avait manqué de la faire défaillir.

Elle avait tenté de refuser la lingerie – les sous-vêtements n'étaient-ils pas censés habiller, plutôt que révéler ? –, et de demander une tenue plus confortable, en vain. Le palais contrôlait ses faits et gestes. Elle était déjà la marionnette de Corso et elle en était indignée.

Alors pourquoi un frisson d'excitation courait-il sur son échine à chaque fois qu'elle y pensait ?

— Rosie ? Te voilà. Je te trouve encore une fois cachée dans l'ombre.

La voix sardonique de Corso l'effleura comme un voile de soie, et elle se raidit, les sens en alerte. Il avait traversé le studio pour la rejoindre. Elle s'était promis de réagir avec détachement en le revoyant, mais l'effort était inutile : sa proximité fit trébucher puis cavaler son cœur, et sous sa peau rugit un élan brûlant. Sur l'écran, il avait été captivant ; ici, devant elle, il était absolument saisissant.

Son costume taillé sur mesure suivait les contours de

son corps puissant à la perfection. Il avait laissé les deux premiers boutons de sa chemise ouverts, une façon, sans doute, de se donner l'air plus décontracté qu'il ne le semblait habituellement. C'était la première fois qu'elle lui adressait la parole depuis qu'elle était arrivée en France : il était constamment en rendez-vous avec tel politicien ou tel P-DG, séparé du commun des mortels par une équipe entière de sécurité. Elle s'était rassurée comme elle l'avait pu : après tout, n'était-ce pas mieux ainsi, lorsqu'elle n'avait pas besoin d'endurer sa compagnie ?

Malheureusement, il était toujours difficile de se mentir à soi-même.

— J'avais besoin d'un peu de calme avant l'interview.

— Tu entres en scène dans une minute. Tu es prête ?

— Non, marmonna-t-elle. Je suis loin d'être prête. Je n'ai qu'une envie, c'est de partir en courant, de prendre l'avion et de rentrer chez moi.

Elle s'attendait à des moqueries ou des sermons, mais peut-être était-elle trop sévère avec lui. Corso se contenta de plisser les yeux, son attention intense entièrement focalisée sur elle.

— Que se passe-t-il, Rosie ? murmura-t-il si doucement que sa voix semblait caresse.

Elle aurait aimé qu'il n'utilise pas ce ton avec elle ; il lui rappelait leur passé, à l'époque où il était encore son ami. Elle y était plus vulnérable qu'à ses tentatives de domination, et elle ne voulait pas baisser les armes devant lui.

— Tu es sérieux ? Tu veux dire, à part le fait que je suis engoncée dans une robe laide et ridicule qui me donne l'air d'une vieille dame, ou que mes talons sont si hauts que je risque de tomber la tête la première dès que je fais un pas en avant ?

Corso fronça les sourcils. Rosie était-elle donc si aveugle ? Lorsqu'elle était apparue dans le studio, il ne l'avait pas reconnue. Elle avait bien dû remarquer son arrivée, puisque le studio silencieux avait explosé d'excitation, mais elle n'avait pas bougé. Le dos tourné, elle était restée concentrée sur son livre. Et pourtant, il ne s'était pas irrité de cette violation du protocole. Non, il avait été trop occupé à la dévorer des yeux, le regard irrésistiblement attiré par sa présence. Sa robe noire était sobre mais soulignait les courbes affriolantes de sa silhouette, qui lui rappelait les stars de l'âge d'or hollywoodien. Les chaussures qu'elle portait mettaient en valeur ses mollets joliment musclés, scintillants sous les lumières du studio. Ses cheveux avaient été tirés en chignon élégant. Maintenant qu'il était près d'elle, il remarqua que quelques mèches d'un blond d'argent s'en étaient échappées et caressaient la colonne fine de sa gorge. Il pinça les lèvres, poignardé par un éclair dont il ne reconnaissait pas la teneur. Ce désir insoutenable, d'où venait-il ? Ce n'était que Rosie…

Que lui arrivait-il donc ?

— Tu es magnifique, affirma-t-il simplement.

Ce n'était, après tout, que la vérité.

— Ne dis pas de bêtises, maugréa-t-elle.

Il aurait pu en rester là. Pourquoi avait-il donc besoin de la rassurer et de lui ouvrir les yeux sur sa propre beauté ? Craignait-il que sa nervosité ne mette en péril son interview et la publicité subséquente ? Sans doute. Il ne pouvait pas y avoir d'autre raison. Pas d'autre raison… Même s'il n'avait pas cessé de penser à elle depuis qu'il l'avait revue. Elle s'était glissée dans ses pensées aux moments les plus inopportuns, elle, et ses beaux yeux gris tempête, et ses lèvres de rose. Sa défiance. Sa déférence. Les facettes d'une femme qui le fascinait bien plus profondément qu'elle ne l'aurait dû.

— Crois-moi, Rosie. Je ne fais pas de compliments en

l'air. Tu es superbe. Et t'insulter toi-même ne te mènera nulle part.

— Tu peux parler, marmonna-t-elle.

— Tu peux écouter, rétorqua-t-il.

— C'est toi qui as exigé que je change mon image. Tu crois que tu aides ma confiance en moi quand tu exiges qu'on me relooke ?

— Ce n'était qu'un conseil constructif dans le cadre d'un tour publicitaire, dit-il en balayant l'argument de la main. Crois en toi, Rosie. La caméra ne fera que souligner tes insécurités, dans le cas contraire.

— Si c'est comme ça que tu me complimentes, je ne préfère pas entendre tes insultes.

Corso avait presque oublié comment avoir une conversation avec un égal – quoique, bien sûr, Rosie ne soit pas sa véritable égale –, et sa réplique mordante lui arracha un sourire irrépressible. Il baissa les yeux sur ses chaussures à talons et les délicieuses jambes fuselées qui les accompagnaient.

— Si tes talons te font souffrir, je peux t'offrir mon bras.

— J'ai vingt-cinq ans, pas quatre-vingt-dix ! Je peux marcher sans béquille, aussi royale soit-elle, Corso !

Mais, malgré la rebuffade, elle lui sourit à son tour, et l'expression le prit par surprise. C'était la première fois, depuis des années, qu'il lui voyait un sourire sincère. Cet instant de connivence perça le rideau du passé comme un coup de poignard, et le frappa en plein cœur, incongru, impossible d'intensité.

Non. Non. Il ne voulait pas la désirer.

Il ne voulait désirer personne avant le moment venu. Le bon moment.

Tout d'abord, il devait retrouver son frère. C'était la seule chose qui comptait, aussi obnubilé soit-il par Rosie Forrester et la tentation constante qu'il avait d'ouvrir ses cuisses rondes pour la lécher jusqu'à ce qu'elle crie son nom.

Avec effort, il lissa son visage et affecta l'indifférence qu'il invoquait habituellement si facilement.

— Ils t'appellent. Donne tout ce que tu as. Je sais que tu en es capable. Je t'attends dans la voiture.

Elle cligna des yeux, surprise.

— Tu m'attends dans la voiture ? Mais un roi n'attend personne.

— N'en fais pas trop, Rosie, répliqua-t-il d'un ton nonchalant. Nous pouvons partager une voiture pour rentrer à l'ambassade. En économisant de l'essence, nous sauvons la planète !

La réplique était si ridicule que Rosie gloussa, et plusieurs personnes sur le plateau pivotèrent pour leur jeter un coup d'œil. Corso tourna les talons. Rosie observa les regards affamés qui le suivaient alors qu'il quittait le studio. De nouveau, elle se promit de ne pas rejoindre leurs rangs. Jamais, jamais elle ne devait se laisser à penser qu'il était drôle, ou sexy, ou intelligent.

Mais peut-être que leur conversation l'avait rassurée un peu, car sa panique s'était évaporée lorsqu'elle déboucha sous les projecteurs. Heureusement, l'historien connaissait bien les travaux de son père. Talons aiguilles oubliés, nervosité envolée, elle parla longtemps et passionnément des perles et des joyaux exquis que son père avait découverts des années plus tôt ; et la conversation passa comme dans un rêve.

Les studios étaient situés à huit kilomètres du centre-ville, et, lorsque Rosie passa les portes automatiques, le chant des oiseaux égayait les branches en fleur des marronniers. Elle doutait que Corso l'ait réellement attendue. Elle était prête à marcher sous le soleil doré jusqu'au métro lorsqu'un bref coup d'œil le long de l'avenue lui prouva le contraire. La limousine royale était bien garée à quelques mètres, le drapeau turquoise et violet de Monterosso flottant fièrement sur le capot de jais.

Un garde du corps s'avança pour lui ouvrir discrètement la portière, et Rosie se glissa à l'intérieur. Le battant se referma doucement. Son pouls s'accéléra pendant que ses yeux s'habituaient à la pénombre fraîche de l'habitacle. Corso était près d'elle, sur la banquette, occupé à prendre des notes dans un carnet.

Il l'avait prévenue qu'il l'attendrait, et pourtant l'impact de sa présence était incroyablement viscéral. Dieu merci, elle était assise. Dans l'espace clos de la voiture, elle était douloureusement consciente de la puissance de son corps musclé, de ses épaules si larges. Même ses doigts, refermés sur son stylo-plume, étaient sublimes. Et s'ils venaient à la toucher, elle, s'ils glissaient sur sa peau et frôlaient sa cuisse… Sa gorge s'assécha. À sa grande horreur, elle s'aperçut qu'elle tremblait. Au même instant, Corso leva les yeux vers elle. Paniquée, elle laissa échapper la première chose qui lui passa par la tête.

— Tu m'as attendue.

Il arqua un sourcil.

— Je te l'avais dit.

— Je sais, mais…

— Mais quoi, Rosie ? Tu penses que je ne tiens pas mes promesses ?

Rosie réalisa qu'elle ne pouvait pas répondre honnêtement à cette question. Elle ne savait plus rien de Corso. La version des médias n'était pas digne de confiance, évidemment. Elle se souvenait du garçon qu'il avait été, de la façon dont il avait dissimulé sa peine et son deuil derrière un masque impénétrable, exigé par son père et sa lignée. Était-ce à ce moment-là qu'étaient nées les premières couches du cynisme qu'elle sentait chez lui aujourd'hui ? La barrière qui le séparait de tous ?

— Non, décida-t-elle soudain, avec une ferveur qu'elle ne se connaissait pas. Non, au contraire, je pense que tu es un homme d'honneur.

Corso resta silencieux, surpris par un compliment si sincère. Et pourtant, c'était ce qu'il désirait, n'est-ce pas ? Étrangement, il voulait son respect. Il voulait sa sympathie. Sinon, pourquoi aurait-il envoyé ses assistants perplexes en avance à l'ambassade alors qu'il attendait patiemment dans la voiture, lui qui n'avait jamais attendu personne ?

Oh ! il savait pourquoi. Il le sentait à cet instant même dans la tension qui pulsait entre eux, si puissante qu'elle en semblait palpable.

Le désir. Inexplicable, insoutenable, incontrôlable.

Les yeux rivés sur la vitre, il fixait les rues de Paris sans les voir, l'esprit en proie au chaos. Hériter du trône était un cadeau à double tranchant. D'abord, il avait découvert les dommages que la cupidité de son père avait semés à travers le pays ; plus tard, il avait réalisé les profondeurs de sa duplicité, et l'héritage sombre qu'il avait laissé derrière lui. Écœuré par ces révélations, déterminé à réparer la destruction que son prédécesseur avait propagée, Corso avait résolu de rester célibataire comme les chevaliers d'antan. Une liaison n'était qu'une distraction ; il voulait se focaliser entièrement sur le travail qu'il avait à accomplir.

Il avait banni le désir de sa vie, coûte que coûte. Il avait, avec un self-control que d'aucuns auraient qualifié de masochiste, refusé de s'adonner à la brève satisfaction des besoins de la chair. Il avait acquis, avec les années, une immunité certaine contre son propre appétit sexuel. Et pourtant cet appétit le submergeait à chaque fois qu'il pensait à Rosie. Un appétit intolérable, incessant, aussi riche et assassin qu'une vague de miel. Être assis près de Rosie, à cet instant, était exquis et infernal. Pourquoi avait-il pris un tel risque ? Les demandes de son corps gagnaient-elles le dessus sur son esprit ?

Il lui jeta un coup d'œil. Elle était très raide contre le dossier de la banquette, fébrile, et croisait et décroisait les jambes avant de poser les mains sur ses genoux. Peut-être essayait-elle de cacher la moiteur de ses paumes, mais le mouvement ne faisait que souligner la courbe délicieuse de ses cuisses. Elles étaient couvertes par la robe, et pourtant il ne pensait qu'à une chose : presser ses doigts sur la peau dissimulée.

Que se passerait-il s'il osait faire un geste ? S'il l'attirait dans ses bras et l'embrassait ? Ce serait si facile… Entre eux, l'air était tellement électrique qu'une caresse ne ferait qu'en déchaîner une autre, puis une autre, jusqu'à l'apothéose. Une étreinte brûlante, urgente.

Mais non. Jamais au grand jamais il ne toucherait Rosie. Pas seulement à cause de sa discipline, mais aussi parce qu'elle était Rosie. Le garçon manqué qu'il avait un jour repêché dans un arbre, et à qui il avait appris à faire des nœuds. La jeune fille qui lui avait offert son soutien et sa gentillesse lorsque personne n'avait su comment se comporter avec lui…

Comment pouvait-il envisager de passer la nuit avec elle, alors qu'il lui briserait inévitablement le cœur ?

Non. Il se concentrerait sur autre chose – sur la seule raison pour laquelle ils étaient ensemble aujourd'hui. Elle était la star de sa campagne publicitaire, rien de plus.

Il s'enfonça dans le dossier et prit la parole, lèvres sèches et cœur battant :

— Tu t'en es très bien sortie, tu sais.

— Tu étais dans la voiture.

— Je t'ai regardée en *live*, dit-il en montrant l'écran éteint inséré dans la cloison qui les séparait du chauffeur.

— Tu m'as regardée en *live*…, répéta-t-elle en levant ses grands yeux gris vers lui et, pendant un instant, il songea à s'y noyer comme dans les eaux argentées d'un lac. Et ?

— Honnêtement ? Tu étais fascinante. Bien meilleure que je ne m'y attendais, pour une première interview. Aussi charismatique qu'une professionnelle. Lionel aurait été très fier.

Elle se mordit la lèvre.

— Merci. Ça me touche beaucoup. Plus que tu ne peux l'imaginer.

Oh ! elle ne pouvait pas le regarder comme ça, avec ces grandes prunelles dont la sincérité menaçait de faire trembler ses défenses, ni souligner ainsi la beauté de sa bouche, mordue et torturée par des dents qu'il aurait aimé sentir courir sur sa peau. Il remarqua, trop tard, que ses doigts s'étaient détendus, et son stylo tomba sur le sol. Le bruit sourd brisa le silence tendu à l'extrême. Soulagé, Corso se pencha pour le rattraper, mais Rosie eut le même réflexe. Tous deux penchés en avant, ils tendirent ensemble la main, et leurs phalanges se frôlèrent – et s'attardèrent, juste un instant. Juste un instant… C'était un contact si léger, si innocent…

Mais le cœur de Corso battait à tout rompre.

Un électrochoc le transperça. Le visage de Rosie était trop proche, mais il ne tenta pas de s'écarter. Il sentait… Il sentait son souffle tiède caresser sa peau, et la subtilité de son parfum, une nuance boisée comme du santal. L'attraction, entre eux, crépitait si fort qu'il lui semblait l'entendre. Et elle le regardait aussi ; elle le regardait de tout son être, comme si elle n'avait jamais regardé un homme de cette façon. Ses lèvres brûlaient d'être embrassées ; la courbe de ses seins se soulevait douloureusement, sur un souffle éperonné par l'émotion. Il serra le poing sur le stylo, le cœur serré, torturé.

Non. Il ne serait pas victime de son propre désir. Si cet instant était un test de sang-froid, il le passerait.

Il se redressa brutalement et s'écarta vers la portière – cherchant à tout prix une distance aussi physique qu'émotionnelle. Son âme, si une telle chose existait, était en proie au tumulte. Dans un état second, il ouvrit machinalement son carnet et fit semblant d'en relire les dernières pages, avant de jeter à Rosie un sourire neutre, son sourire officiel, celui qui ne manquait jamais de creuser un fossé entre lui et les autres.

— Tu n'as pas un téléphone pour t'amuser, ou quelque chose de similaire ? s'enquit-il d'une voix trop cruelle. Maintenant que j'ai nourri ton ego en complimentant ta performance, je dois me pencher sur des choses plus sérieuses.

Un éclair de consternation traversa le visage de Rosie, et il détourna vite le regard. Pourquoi avait-elle donc l'air si blessée ? Avait-elle osé fantasmer comme il avait fantasmé ? Grand bien lui fasse ! Elle comprenait maintenant qu'il ne se passerait rien entre eux. Rien, et jamais !

7.

— J'attends ma visite guidée, Rosie.

Rosie pinça les lèvres en entendant le défi arrogant que Corso, sublime dans son costume de designer sombre mais insupportable avec son sourcil arqué et son rictus amusé, venait de lui lancer. Aussi discrètement qu'un roi le pouvait, il était arrivé sans fanfare au musée des Antiquités où Rosie et le conservateur, Philippe Le Clerc, avaient travaillé sur l'exposition toute la journée. Elle raidit les épaules et tenta d'étouffer une soudaine bouffée de nervosité. C'était la première fois qu'elle revoyait Corso depuis qu'il l'avait ramenée à l'hôtel, la veille. Lorsque, pendant une seconde, la tension dans l'habitacle de la limousine avait été si intolérable qu'elle s'était demandé s'il allait l'embrasser. Corso ! L'embrasser !

C'était triste d'être aussi naïve. Comme si Corso, qui aurait pu choisir n'importe qui, pouvait vouloir la toucher, elle. Elle avait pris la poudre d'escampette dès qu'elle l'avait pu. Elle avait préparé les plans de l'exposition dans son coin et mangé dans sa suite. Mais elle ne pouvait pas éviter Corso pour toujours, et certainement pas maintenant qu'il exigeait toute son attention, les yeux plissés, la moue hautaine. Elle lui offrit en retour son sourire le plus efficace, et même une courte révérence.

— Je suis certaine que M. Le Clerc est plus qualifié que

moi. C'est l'un des plus grands experts de bijoux anciens méditerranéens d'Europe, tu sais ?

— Mais je te veux toi, rétorqua Corso.

Immédiatement, Le Clerc s'effaça avec un haussement d'épaules. Corso leva les sourcils. Rosie, le cœur battant, avait soudain l'impression qu'ils étaient seuls au monde, malgré la protection rapprochée du roi, encore présente à quelques pas. Mais Corso avait ce pouvoir indéniable : le commun des mortels n'était plus que des ombres lorsqu'il était présent. Elle l'avait toujours su. C'était elle qui avait changé ; elle qui souffrait maintenant des effets de son magnétisme différemment. Même à cet instant, son corps réagissait de façon incontrôlée : sous son pantalon de lin et sa chemise, elle avait la chair de poule, et ses seins tendaient la dentelle de son nouveau soutien-gorge.

Elle devait recouvrer ses esprits. Elle était ici pour travailler avec lui. Rien de plus.

Rien de plus.

— Très bien, allons-y, déclara-t-elle. Je vais te montrer comment nous avons organisé l'exposition.

Elle lui fit signe de la suivre et commença par la première vitrine, dans laquelle reposait un set de bracelets exquisément incrustés d'améthyste, de turquoise et de lapis-lazuli.

— Nous avons disposé les bijoux de façon chronologique et, comme la collection n'est pas très grande, tout est regroupé dans cette salle, ce qui rend la chose accessible au public. Regarde, on commence par les bracelets qui auraient été offerts à la reine Aurelia lorsqu'elle n'était qu'un bébé. Elle ne les a sans doute jamais portés. Tu vois comme l'écrin met en valeur leur petitesse ?

Mais son professionnalisme s'évapora dès l'instant où Corso s'avança pour étudier de plus près le contenu de la vitrine. Si proche que Rosie aurait pu – aurait voulu – le toucher. Juste tendre la main et effleurer sa joue ombrée d'une barbe naissante…

Elle s'éclaircit la gorge et continua sa route vers le présentoir suivant.

— La taille et le faste des bijoux vont *crescendo* au fur et à mesure de l'exposition, avec comme apothéose l'incroyable parure qu'elle a reçue pour la naissance de son premier enfant. Mais nous avons gardé le meilleur pour la fin, et ce n'est pas un bijou, mais la statue de la jeune reine, sans doute sculptée pendant sa première année de mariage et exposée ici. Elle est magnifique, n'est-ce pas ? D'un détail si fin qu'elle semble toute prête à s'éveiller.

Corso inclina la tête, admiratif. Rosie jouait le rôle de guide à la perfection, et l'exposé passionné de ses connaissances coulait comme une source claire. Son visage s'épanouissait lorsqu'elle parlait de ces antiquités ; ses traits s'animaient d'enthousiasme.

Avec effort, il ramena son attention sur la statue, qu'il avait vue bien souvent – elle languissait d'habitude dans une réserve de Monterosso. Ici, au centre de l'exposition, elle était soudain auréolée d'une nouvelle envergure, illuminée par les bijoux de sa sépulture. Lorsque la jeune reine avait été amoureusement sculptée dans la pierre, le spectre de la mort suivait déjà ses pas, quoiqu'elle n'en ait pas encore été consciente. Que resterait-il de lui, s'il venait à mourir aujourd'hui ? Son frère déciderait-il d'hériter du trône ? Avait-il, en quelques années, réussi à sauver Monterosso des dommages que le passé avait causés ?

Soudain, sa mère lui vint à l'esprit, et la lame de souffrance qui accompagnait son souvenir le prit par surprise. Découvrir l'existence d'un frère illégitime avait rendu plus difficile encore la relation compliquée qu'il entretenait avec son passé. Il avait toujours réussi à contrôler son émotion, à manipuler ses souvenirs pour ne pas les laisser le submerger. Était-ce de fréquenter Rosie et de retrouver les réflexes d'antan qui le rendait si instable, ces temps-ci ? Chaque jour nouveau, il se sentait sur le point de baisser les armes et de lui confier les secrets qui le torturaient.

Mais il était hors de question de se laisser aller à la faiblesse. Pour échapper à son propre désarroi, il posa une question dont il connaissait déjà la réponse :

— Quel âge avait la reine lorsqu'elle a posé pour cette statue ?

— Vingt-cinq ans.

— Comme toi.

— C'est exact, dit-elle, visiblement surprise, comme si elle ne s'attendait pas à ce qu'il se souvienne d'un tel détail.

— Elle avait un enfant et attendait son second.

— Oui.

Ils se turent un instant, puis Corso s'entendit, malgré lui, reprendre la parole :

— Et toi ? Tu ne veux pas te marier ? Avoir une famille ?

Un vague inconfort assombrit le visage de Rosie. Elle sembla peser ses mots avant de répondre :

— Je ne suis pas particulièrement fan de l'institution, non.

— Même pas avec l'exemple de tes parents ?

Elle haussa les épaules.

— Tu ne peux pas vraiment rester objectif quand il s'agit du mariage de tes parents, pas vrai ? Enfin, ce n'est pas le problème. À t'entendre, le mariage est un choix très simple. Comme s'il suffisait de décider un jour de se marier, et de choisir le meilleur parti sur l'étagère d'une grande surface.

— Pour moi, c'est un peu comme cela.

— Parce que tu es un homme ?

— Parce que je suis roi.

— Oh ! bien sûr, sourit-elle. Tout est déjà organisé,

alors ? Tu connais déjà la date ? Que je m'achète un joli chapeau pour l'occasion.

— Qui te dit que tu seras invitée ? lança-t-il du tac au tac.

— Préviens-moi quand même ! J'économiserai pour te faire envoyer un cadeau. Tu as déjà un grille-pain ?

Il ne put retenir un sourire amusé.

— Je n'ai rien prévu, mais je sais que c'est inévitable, répondit-il plus résolument. Lorsque je serai certain que mon pays avance vers l'avenir prospère qu'il mérite, je prendrai une épouse.

— Oh ! railla-t-elle. Et où la prendras-tu ?

Beau joueur, il ne releva pas l'obscénité qui sous-tendait le jeu de mots, et considéra un instant cette question que personne n'avait jamais osé lui poser.

— Elle sera de sang royal, bien sûr, dit-il, pensif. C'est nécessaire, pour un homme de mon statut. J'ai découvert il y a longtemps qu'un roi peut choisir presque n'importe qui pour son lit, mais qu'il a bien peu de liberté dans le choix de sa reine.

Rosie avait cessé de sourire, les yeux nuageux.

— Je n'arrive pas à croire que tu viens de dire ça, Corso.

— Je le dis car c'est la vérité, même si elle ne plaît pas à tout le monde.

— Alors dis-moi, puisque tu es d'humeur sincère, est-ce que l'aristocrate que tu désigneras aura le droit de choisir, elle aussi, ou est-ce que sa destinée sera scellée par ta décision ?

— Comment, Rosie, tu ne penses pas que la plupart des femmes seraient enchantées de m'épouser ?

La réplique était imprégnée d'ironie, mais Rosie ne manqua pas son arrogance sous-jacente. Il se moquait d'elle, mais il n'en était pas moins certain de son pouvoir. Et, bien sûr, il avait raison. Elle se souvenait des nobles, à la cour, des années plus tôt. Combien d'entre elles auraient accepté la main de ce demi-dieu aux yeux d'or, assis sur son trône méditerranéen ?

— Si elles aiment les hommes aux opinions archaïques et patriarcales, je suis sûre qu'elles font déjà la queue devant le palais, répondit-elle en soutenant son regard.

Il plissa les yeux et, un instant, Rosie se demanda si elle avait été trop loin, s'il s'apprêtait à la réprimander pour son impudence. À la place, il lui décocha un sourire paresseux, bien plus létal que sa colère. Elle ne voulait pas qu'il lui sourie de cette façon. Elle ne voulait pas frissonner, brûler sous ses yeux.

— Vas-tu nous rejoindre pour dîner, ce soir ? s'enquit-il, félin. Ou as-tu prévu de disparaître encore une fois ?

— Je préfère manger dans ma chambre, si cela ne te dérange pas.

— Cela me dérange, asséna-t-il sans pitié. Ton absence est une insulte à l'exceptionnel chef de l'ambassade, dont l'excellente cuisine mérite d'être honorée par mes pairs, mais tu es surtout la pièce maîtresse de ma délégation. Ta participation est obligatoire. Je t'ordonne de te joindre à nous ce soir, Rosie. Je me fais bien comprendre ?

C'était la punition que lui valaient ses effronteries.

— Tu es très clair, siffla-t-elle.

— Parfait, dit-il en inclinant élégamment la tête. Je te remercie pour l'organisation de cette exposition. Tes initiatives sont parfaitement à mon goût.

— Est-ce un compliment que j'entends de ta bouche, Corso ?

— Tout à fait. Accepte-le avec grâce.

Il lui sourit froidement.

— Je te verrai ce soir pour dîner.

La sentence était tombée comme un couperet. Il tourna les talons, et Rosie le regarda s'éloigner, le cœur battant à tout rompre.

8.

Rosie aurait tout donné pour être ailleurs, n'importe où – mais pas ici, dans la grande salle à manger de l'ambassade, et plus mal à l'aise que jamais. Elle avait grandi en périphérie du palais, à Monterosso ; elle savait se comporter avec la haute société. Mais ici, elle ne pouvait pas ignorer qu'elle n'était qu'une intruse. Peut-être était-ce pour cela qu'on l'avait placée tout au bout de la table, aussi loin que possible de Corso. Elle tordit nerveusement sa serviette en lin. Qu'avait-elle donc espéré ? Qu'elle serait installée à la droite du roi ? Non, cet honneur avait été rendu ce soir à la femme du président français, qui, à cet instant, acquiesçait béatement à tout ce que lui murmurait Corso.

Rosie se força à sourire et tenta de se concentrer sur la conversation de ses voisins. Participer activement était impossible : son français datait du collège, et le brouhaha autour de la table était si assourdissant qu'elle peinait à se concentrer sur autre chose que Corso, éblouissant dans sa tenue d'apparat militaire. La veste sombre soulignait la largeur de ses épaules. Ses médailles étincelaient à la lumière des bougies. Comme toutes les autres femmes dans la salle, elle s'était inclinée lorsqu'il avait fait son apparition. Comme toutes les autres femmes aussi, sans doute, elle s'était demandé, le cœur battant, si elle avait imaginé son regard d'or s'attarder sur elle lorsqu'elle s'était abaissée jusqu'au sol dans sa robe de soie.

Le vin était excellent, le repas délicieux. Des chandeliers brillaient comme des diamants sous le haut plafond, et jetaient des reflets précieux sur l'argenterie, les verres de cristal et les vases de fleurs fraîches. Mais toute cette splendeur et tout ce cérémonial n'étaient que secondaires ; comme une ritournelle sans fin, les pensées de Rosie revenaient toujours à Corso.

Elle repoussa l'île flottante qu'elle avait à peine touchée. Quel gâchis… Que lui arrivait-il donc ? Elle ne se comprenait plus ; il lui semblait qu'on lui avait jeté un sort. Ses yeux cherchaient inexorablement Corso. À son grand dam, elle était certaine qu'il avait remarqué son émoi. Leurs regards s'étaient rencontrés plusieurs fois ; son visage s'était empourpré à maintes reprises. Elle se sentait vulnérable, exhibée. Sa tenue participait sans doute de son malaise, quoiqu'elle fût l'une des plus modestes de sa garde-robe. La soie d'argent dévoilait ses épaules et suivait la courbe de sa taille, puis tombait jusqu'à ses chevilles – juste assez haut pour révéler ses talons aiguilles. Le styliste lui avait assuré que la robe lui allait à ravir, et Rosie savait qu'il ne mentait pas, mais elle n'était pas habituée à la caresse de l'étoffe, à la profondeur de son décolleté, et encore moins au poids précieux du collier de saphir et de diamants qui scintillait au-dessus de ses seins. Peut-être était-ce pour cela qu'elle avait détaché ses cheveux, ce soir-là. D'habitude, elle les préférait efficacement tressés, mais aujourd'hui leur longueur dissimulait un peu la nudité de ses épaules.

L'heure du toast arriva. Les politesses s'enchaînèrent. Rosie attendit patiemment que les festivités touchent à leur fin pour s'éclipser discrètement. Personne ne remarquerait son départ, plus maintenant.

Elle referma la porte de sa suite derrière elle et s'adossa au battant. Le soulagement, néanmoins, ne vint pas.

Elle poussa un soupir. Elle était fébrile et se sentait vide, comme si un élément vital lui manquait. Une chevelure de feu et un regard d'ambre hantaient son esprit, et elle avait peur de les laisser envahir ses rêves.

D'un coup de talon, elle retira ses chaussures, puis détacha précautionneusement son collier et ses boucles d'oreilles. Elle resta un moment devant la baie vitrée à admirer la ville. D'ici, elle voyait la tour Eiffel, dominant le relief urbain de Paris, illuminée et reflétée par le ruban éclatant de la Seine.

Elle finit par se détourner, et venait de s'installer dans la salle de bains pour se laver les dents lorsqu'on toqua à la porte de sa suite. Elle cracha son dentifrice dans le lavabo, les sourcils froncés. Qui pouvait bien venir la déranger à cette heure ? Il était hors de question qu'elle redescende faire des ronds de jambe, pas à cette heure.

Mais, lorsqu'elle ouvrit la porte, son cœur s'emballa. Corso l'attendait sur le seuil, toujours en uniforme – magnifique, séduisant, intense de pouvoir et de magnétisme.

Elle aurait peut-être dû se sentir nerveuse, ou agacée, ou indignée, mais dans ses veines vibrait seulement la certitude qu'elle n'aurait échangé cette visite pour rien au monde. Corso était là, et c'était tout ce qu'elle désirait.

Mais ses émotions devaient rester cachées à tout prix. Elle garderait son calme, maîtriserait la situation. Peut-être était-il simplement venu lui poser une question sur l'exposition.

— Oh ! Corso, dit-elle aussi froidement que possible, une main crispée sur la poignée. En voilà, une surprise.

Pendant une seconde, Corso ne trouva pas les mots pour lui répondre. Oh ! quel sombre idiot ! Rosie Forrester était devenue son plus grand tourment. Il avait passé la soirée à la boire des yeux, incapable de détourner le regard. Dans sa robe couleur d'étoile, ses courbes étaient plus fascinantes que jamais. Il était ensorcelé par la cascade brillante de ses cheveux de lune, par la couleur fraîche de ses joues roses. Mais pas seulement. Quelque chose d'autre, aussi. Une connexion dont elle n'était peut-être pas consciente. En face de lui, à l'autre bout de la table, elle avait eu l'air aussi alerte et solitaire qu'il l'était lui-même. L'avait-elle senti, lorsque leurs regards s'étaient croisés, et qu'il avait perdu le fil des conversations autour de lui ? Avait-elle l'intuition de ce lien qu'ils semblaient partager ?

— Puis-je entrer ? s'enquit-il d'une voix rauque.

— Tu veux… entrer ? répéta-t-elle, perplexe.

Agacé qu'elle ose mettre sa parole en doute alors que n'importe qui d'autre se serait immédiatement effacé sur son passage, il lui jeta un regard noir.

— Oui. À moins que tu ne préfères avoir cette conversation sur le palier, ce qui serait aussi indiscret que discourtois.

Sans se démonter, elle leva les yeux au ciel, le laissa passer et prit le temps d'allumer le haut plafonnier avant de lui faire face, un sourcil arqué.

— Voilà. De quoi voulais-tu me parler ? De l'exposition ? Du dîner ? Ton discours était très bien, si c'est ça qui t'in… Corso ?

Le flux fébrile de ses paroles s'était brusquement interrompu. Elle l'observait, confuse, comme si elle venait de remarquer sa tension et son agitation.

— Que se passe-t-il ?

— Nous avons besoin de règles précises, dit-il.

Et puisqu'une visite dans sa chambre à presque minuit était en direct désaccord avec celles qu'il désirait proposer, il s'éloigna précautionneusement de quelques pas. Mieux valait prendre ses distances.

— D'accord… Quelles règles ?

Pendant un instant, la détermination de Corso chancela. Dans le halo de lumière, les lèvres entrouvertes de Rosie avaient la couleur des pêches, et ses yeux scintillaient comme des étoiles sombres. Son incroyable chevelure était toujours libre, un rideau de soie sur ses épaules nues, et il aurait aimé pouvoir y plonger les mains pour attirer son visage contre le sien et embrasser sa bouche. Il voulait tant l'embrasser. Toute la volonté du monde ne pouvait le sauver de cette obsession.

— Je ne comprends pas pourquoi, mais tu hantes toutes mes pensées, déclara-t-il durement.

— Oh ! Je… Tu… C'est normal, nous avons partagé beaucoup de choses.

— Ce n'est pas de cela que je parle.

Elle soutint son regard. Son incertitude initiale s'effaça. De nouveau, sur son joli visage pâle, il trouva la concentration et la clarté qu'elle dédiait d'habitude aux antiquités. Lorsqu'elle reprit la parole, elle ne tergiversait plus :

— Dis-moi exactement ce dont tu parles, alors.

— Avec plaisir. Ce qu'il y a entre nous n'ira pas plus loin.

— Ce qu'il y a entre nous ?

— Tu sais très bien de quoi je parle. À moins que tu ne nies notre alchimie ?

Elle rougit – un rosissement aussi soudain qu'adorable. Elle allait le rendre fou !

— Tu ne crois pas que tu es un peu présomptueux, Corso ?

— Tu le sens aussi, n'est-ce pas ? la défia-t-il.

Elle grimaça, avec cette moue agacée qu'il lui connaissait déjà enfant.

— Bien sûr que oui, admit-elle. Je te trouve extrêmement séduisant. C'est une grande déception, tu sais ? Pendant des années, je ne comprenais pas ce que toutes ces femmes pouvaient bien te trouver, et voilà que j'ai rejoint les rangs des groupies en pâmoison. Voilà, c'est dit. Tu es content ?

Content, non. Frustré ? Absolument. Sur des charbons ardents ? Tout à fait. Et irrité, au plus haut point !

— Je suis d'accord, c'est très… agaçant. Mais l'important, c'est de comprendre qu'il ne se passera rien.

— J'ai bien compris, quoique tu n'aies pas été très clair, rétorqua-t-elle, amusée.

La bravade était trop tentante.

— Tu veux plus de clarté ? Nous ne *coucherons* jamais ensemble.

— Coucher ensemble ? répéta-t-elle, incrédule. Tu as perdu la tête, ou quoi ? Je ne veux pas coucher avec toi !

— Oh ! vraiment ? rétorqua-t-il. Dis-moi, est-ce à moi ou à toi-même que tu mens ?

Et soudain, elle se jeta sur lui – et n'était-ce pas exactement ce qu'il voulait ? Ses cheveux blonds cascadaient derrière elle à l'instar d'une bannière alors qu'elle tentait en vain de le pousser en arrière, et un frisson dont il ne reconnaissait pas la teneur le saisit tout entier lorsqu'il baissa les yeux sur sa tête pâle. Les poings serrés, elle martela une fois sa poitrine, désireuse, peut-être, d'exorciser enfin la tension viscérale qui l'avait habitée jusque-là. Il referma les mains sur ses poignets. Lui non plus ne pouvait plus se dominer. Il ne pensait plus, et n'était plus que sensation. Elle avait lancé l'offensive, mais il accueillait la capitulation avec délice.

Aveugle à tout, excepté l'enchantement de son corps si proche, il l'attira brusquement dans ses bras. Dans un murmure fiévreux d'assentiment, elle agrippa à son tour ses épaules, et enfin, impatiemment, avidement, il l'embrassa. Sa langue glissa entre ses lèvres soyeuses et, oh ! elle était la saveur la plus exquise qu'il avait jamais eu le plaisir de goûter – café et dentifrice et quelque chose d'unique, exclusivement Rosie. Ses seins étaient pressés contre son torse, tendus contre l'étoffe délicate de sa robe. Pouvait-il vraiment résister ? Était-il assez fort pour faire un pas en arrière et tout arrêter ? Mais non. Elle laissa échapper un gémissement presque infime, et l'hypothèse même d'une résistance s'évapora. Il s'était durci à en souffrir. Il se sentait comme un homme qui, après des jours dans le désert, découvre soudain une source d'eau fraîche. Déjà, il approfondissait le baiser. Sa main, comme animée d'une vie propre, s'était refermée sur un sein, un pouce taquinant le relief de son téton. Était-ce son nom qu'elle gémissait à son oreille ?

— Rosie, murmura-t-il. Est-ce que tu me veux ?

— Oui. Je ne peux… même pas exprimer à quel point.

Son cœur semblait prendre feu. Jamais, jamais il ne s'était consumé ainsi. Était-ce à cause de ces longues années d'abstinence ? Oui, sans aucun doute. Ses paumes affamées glissaient sur les courbes fermes de Rosie, encore couvertes par la soie argentée. Elle ondula sous ses caresses. La senteur enivrante et subtile de son désir teintait l'air et éveillait en lui une convoitise inégalée. S'il la touchait, il la trouverait déjà mouillée, il le savait, tout comme elle le trouverait dur comme l'acier si sa main osait voyager sous sa ceinture. Il déglutit. Il la voulait, il la voulait comme il n'avait jamais rien voulu. Leur exultation était aussi inévitable que le soleil lorsqu'il s'élevait, chaque matin, au-dessus des montagnes rouges de Monterosso. Et pourtant, n'était-il pas venu jusqu'ici pour prévenir cette immense imprudence ?

Peu lui importait. Comment pouvait-il s'embarrasser d'angoisses et d'interdits alors que leurs bouches se trouvaient encore et encore, avides ? Ce baiser semblait être le premier baiser de son existence : si profond, si étourdissant, si incroyablement érotique. Il enfouit les doigts dans ses cheveux, se pressa contre elle, et de nouveau elle murmura son nom. Il la fit reculer, encore et encore, jusqu'à ce qu'elle bute contre le mur. Ses cuisses s'écartèrent autour de lui. Il sut, à cet instant, qu'elle le voulait comme il la voulait – aussi intensément, aussi *irrévocablement*.

— Rosie…, souffla-t-il d'une voix rauque.

— Oui. Oui.

C'était tout à la fois une réponse, un encouragement, une invitation, et Corso s'abaissa pour soulever sa robe. L'étoffe glissa entre ses doigts comme de l'eau, et il remonta sur ses cuisses, impatient de caresser sa chaleur humide jusqu'à ce qu'elle pulse de plaisir. Mais il voulait aussi prendre son temps et savourer les sensations oubliées de la luxure…

Oubliées… Depuis *longtemps* oubliées.

Il s'arrêta brusquement, juste au-dessus de son genou pâle. Son cœur battait à tout rompre, le sang rugissait à ses tempes, mais ni l'un ni l'autre ne parvenaient à noyer entièrement la voix de la raison. Allait-il vraiment mettre fin à sept ans d'abstinence et de maîtrise sur un coup de tête ? Comment *osait*-il ?

Rosie émit un délicieux son d'objection lorsqu'il laissa retomber le jupon.

— Corso ? Que se passe-t-il ?

— Arrêtons-nous là.

Elle écarquilla ses yeux de tempête, abasourdie.

— Arrêtons-nous… *là* ?

Il hocha la tête. Elle tremblait si fort que ses jambes flageolèrent. En tentant de se convaincre que seule la galanterie guidait son geste, il la souleva dans ses bras pour la porter jusqu'au lit qu'il avait évité du regard quand il était entré dans sa chambre.

Elle était plus légère qu'il ne s'y était attendu, et son poids tiède lui manqua dès qu'il l'eut déposée sur l'édredon immaculé. Mais il avait pris la bonne décision, il le savait. Ils n'étaient plus des adolescents ; ils n'avaient aucune raison de se comporter ainsi, sans retenue, les mains fébriles, la bouche affamée ; ils n'allaient tout de même pas arracher leurs vêtements et se posséder l'un l'autre parce qu'ils ne pouvaient se *contrôler* ! N'était-il pas, après tout, passé maître en la matière du self-control ?

Mais les cheveux pâles de Rosie brillaient comme un

halo de lune sur l'oreiller, et il aurait aimé les caresser du bout des doigts. Ses lèvres étaient entrouvertes, et il aurait voulu les effleurer des siennes.

— Il faut que je parte.

Elle tendit lentement la main et, du bout de l'index, suivit le contour de sa bouche. Il retint son souffle. Jamais il n'avait connu un geste, une caresse si hypnotique. Oh ! maudite soit Rosie Forrester, maudite soit-elle !

— Alors pars, si c'est ce que tu veux, souffla-t-elle.

Il respirait avec peine ; toute parole était un supplice.

— Ce n'est pas… ce que je *veux*, articula-t-il.

Délibérément, Rosie soutint son regard. Sur le visage ciselé de Corso, elle voyait l'agonie de son indécision. Elle comprenait. Il ne voulait pas dépasser cette frontière – le point de non-retour – et, d'une certaine façon, elle non plus. Ils n'en retireraient que de la peine, à long terme. Son esprit lui criait d'être raisonnable, comme elle l'avait toujours été. Elle pouvait l'encourager à partir. Et pourtant, elle priait de tout son cœur pour qu'il revienne sur sa décision.

Ce soir, Corso Andrea da Vignola avait embrasé en elle un manque intolérable. Elle avait *besoin* de lui. Il lui semblait que sa vie entière serait incomplète si elle ne le possédait pas. Juste une fois, et le brasier cesserait sans aucun doute de la consumer ainsi. S'il la prenait, il la libérerait de ce désir si intense, et du fardeau de son inexpérience qui chaque année devenait plus lourd à porter.

Mais seulement s'il le voulait aussi. S'il décidait, ce soir, de rester pour de bon.

— Je n'ai pas de préservatif, dit-il soudain.

C'était l'antithèse même de la romance mais, étrangement, cette approche cartésienne la mit plus à l'aise. Il ne faisait pas semblant. Il ne lui murmurait pas des mensonges pour l'attirer dans ses bras. Il ne lui promettait pas de roses au clair de lune. C'était vrai, et sincère, et adulte. Une approche mature du sexe.

— J'en ai, répondit-elle.

Il sembla surpris et, oui, déçu – juste un instant avant qu'il ne reprenne le contrôle de son expression. Elle ne savait pas si elle était heureuse ou insultée par ce jugement silencieux, mais peu lui importait qu'il la trouve trop directe, ou qu'il attende de ses amantes une timidité latente. Elle était affirmée et elle n'en avait pas honte. Elle n'avait pas besoin de sa bonne opinion. Ce dont elle avait besoin, c'était de lui, de son corps, qu'elle mourait de toucher.

— Où ?

Elle aurait pu y aller elle-même, mais l'idée de quitter le lit, excitée comme elle l'était, et de tourner le dos à son regard fit monter en elle une étrange timidité.

— Dans l'armoire, au fond. Ils sont dans ma valise, dans une petite pochette rouge.

Il se leva souplement, trouva le bagage, et fronça les sourcils en découvrant ses vêtements encore pliés à l'intérieur.

— Pourquoi n'as-tu pas sorti tes affaires ?

— Ce sont mes vrais vêtements. Tu sais, ceux que je ne dois porter sous aucun prétexte pendant la tournée royale, railla-t-elle.

La pique lui avait échappé. Elle craignit, pendant un instant, d'en avoir trop dit. Le sarcasme risquait de creuser encore le fossé qui les séparait. Elle n'avait pas le style d'une amante royale, et Corso devait en être conscient autant qu'elle-même. Néanmoins, il était trop occupé à étudier le paquet de préservatifs, l'air perplexe.

— Tu es certaine qu'ils ne sont pas périmés ?

— Évidemment !

Elle n'avait aucune envie de lui expliquer pourquoi elle avait des contraceptifs dans sa valise, et elle en aurait de toute façon été incapable : Corso avait commencé à se déshabiller, et son esprit perdit instantanément toute capacité de raisonnement. Il retira sa veste d'uniforme et la pendit sur le dos d'une chaise. Ensuite, il enleva ses bottes cirées. Grand et puissant, il se tourna vers elle, seulement vêtu de son pantalon noir strié d'une bande écarlate et d'une chemise près du corps en soie blanche. Il la rejoignit puis s'assit sur le bord du lit. De sa main libre, il caressa doucement sa joue. Son pouce effleura ses lèvres tremblantes.

Elle ne savait comment réagir. Était-elle trop passive, alors qu'il faisait glisser sa robe ? Alors que son regard buvait, appréciateur, la vision de ce nouveau soutien-gorge en dentelle et sa culotte assortie ? Il la déshabilla lentement, si lentement qu'elle aurait voulu, si elle avait encore eu un soupçon de voix, lui ordonner d'accélérer la cadence ; mais lorsque, en s'abaissant enfin pour lécher son téton dévoilé, il laissa échapper un son primaire de convoitise, Rosie sentit la conscience de son propre pouvoir s'éveiller. Ses inhibitions fondirent comme neige au soleil. Elle se redressa pour déboutonner sa chemise de soie et, mains ouvertes, caresser la peau chaude et douce de sa poitrine dure.

Il émit un petit bruit brut, profond, du fond de la gorge, et l'aida à défaire son pantalon, qu'il envoya valser sans précaution. Puis, de nouveau, il était sur elle, et l'entraînait vers le lit, et l'attirait dans ses bras, et l'embrassait à perdre haleine, et elle s'abandonnait à l'érotisme insoutenable de leur étreinte.

Ses caresses la rendaient folle. Vaguement, elle le sentit tendre la main vers le préservatif qu'il avait laissé sur la table de nuit. Elle décelait, dans la brume de son désir, le contrôle extrême dont il faisait preuve alors qu'elle s'abandonnait sans retenue au rythme de ses doigts, de sa bouche. Son beau visage était un masque d'ombres et de tensions, sa bouche une ligne aussi sévère que gourmande. Il prit longuement soin d'elle. Impitoyable, il la poussa jusqu'au bord de l'abysse, tant de fois qu'elle ne put retenir un cri de pure volupté lorsqu'il la pénétra *enfin* d'un long, profond coup de reins. Il ne se figea qu'une seconde, les yeux dans les siens, étincelants d'or liquide, avant de reprendre la danse hypnotique de ses sublimes va-et-vient.

La jouissance la saisit d'abord à son insu. Elle connaissait la théorie, bien sûr – les feux d'artifice et les gerbes d'étoiles qu'elle avait toujours considérés comme trop fleuris pour être vrais. Bien au contraire : les métaphores romantiques n'étaient que des euphémismes. Entièrement abandonnée au plaisir, pulsant autour de lui, elle était emportée vers les cimes d'une montagne, lovée dans le courant tiède d'une cascade, aquatique, tellurique, à la fois elle-même et double : oui, fusionnée avec le roi de Monterosso, dont les mouvements se faisaient plus saccadés. Son corps puissant se tendit lorsqu'il rejeta la tête en arrière et cria son orgasme, un cri magnifique, fantasmagorique, rauque d'abandon. Immédiatement, il reprit ses lèvres dans un baiser brut, comme pour étouffer le son viscéral qui lui avait échappé.

Un instant de perfection les enveloppa. Elle l'enlaça étroitement, le visage au creux de son cou, et déposa un baiser sur sa peau douce. Mais, trop vite, Corso se raidit contre elle et se retira. Il roula à l'autre bout du lit. Son visage s'était assombri, ses sourcils s'étaient froncés ; il était raide et crispé. Elle savait, instinctivement, que la tempête était proche. Il s'apprêtait à passer à l'attaque.

L'avait-elle déçu ? Regrettait-il déjà sa décision ?

— Qu'est-ce qui ne va pas, Corso ? s'enquit-elle.

— Ce qui ne va pas ? répéta-t-il avec un rire amer. À part le fait que c'était ta première fois et que tu n'as pas daigné me le dire ?

9.

Corso tentait, en attendant la réponse de Rosie, d'ignorer sa beauté rose et blonde ainsi étendue sur les oreillers immaculés. Rosie ravissante. Rosie froissée, échevelée. Rosie innocente. La convoitise battait encore en lui, et il se sentit durcir de nouveau.

— Pourquoi te l'aurais-je dit ? s'étonna-t-elle. Je ne suis qu'une novice, clairement, mais je ne crois pas que présenter la liste de ses expériences passées est un prérequis avant une relation sexuelle. Ça aurait un peu ruiné l'ambiance, tu ne crois pas ? De toute façon, cela n'a pas d'importance.

Corso tira le drap sur son bassin pour cacher la preuve de son désir. Ses émotions étaient en proie au chaos. Il avait satisfait un appétit immédiat, oui, mais il était incrédule et furieux. Furieux contre elle, contre lui-même. Il ne se comprenait plus. Pourquoi elle ? Pourquoi la voulait-il si fort, la voulait-il *encore* ? Il avait résisté à la tentation si longtemps. Alors pourquoi était-il tombé si facilement, si avidement dans le lit et les bras de Rosie Forrester ?

Peut-être avait-il besoin d'une distraction, puisque sa rencontre avec son frère arrivait à grands pas. Était-il nerveux, inquiet ? Était-ce la raison de cette nouvelle impulsivité qu'il ne se connaissait pas ? La détermination semblait l'avoir déserté ; il ne se contrôlait plus. Il avait désiré Rosie de tout son corps, et elle du sien, mais elle lui avait caché une vérité importante. Pourquoi ? Pour le piéger ? Et dans ce cas, comment ?

Mais le remords, pernicieux, s'instilla en lui. Il ne pouvait pas nier sa responsabilité : il aurait dû savoir qu'elle était inexpérimentée. Il aurait dû partir en courant, et fuir cet attrait indéfinissable qui le fascinait tant. Avait-il laissé leur complicité, aussi belliqueuse qu'irrésistible, abattre ses défenses ? Était-il donc si vulnérable à sa beauté que sept ans de célibat n'avaient pesé pour rien dans la balance ?

Oui. Il était inutile de le nier.

— Arrête de plaisanter, Rosie, asséna-t-il d'un ton sec. Bien sûr que c'est important. Tu étais vierge, pour l'amour du ciel.

— Tout le monde commence par être vierge, lâcha-t-elle avec un haussement d'épaules. Toi aussi. Quand est-ce que tu as perdu ta virginité, Corso ? Pourquoi ne pas discuter de ça, plutôt ?

Il secoua impatiemment la tête. Il y avait si longtemps… Il se souvenait à peine des détails. Seulement que sa partenaire était plus vieille, très expérimentée, et qu'il n'avait certainement pas éprouvé ce qu'il avait ressenti ce soir. Il n'avait *jamais* éprouvé ce qu'il avait ressenti ce soir. Et n'était-ce pas le plus extraordinaire, le plus angoissant, dans tout cela ? Que Rosie, qu'il connaissait déjà avant qu'elle ne lui arrive au coude, et qui n'avait jamais connu d'hommes avant lui, soit celle qui le mette à genoux ?

— Ne change pas de sujet, Rosie.

— Quoi, connaître mon passif sexuel fait partie de notre contrat, maintenant ?

Il manqua de rire de sa repartie rebelle, mais se reprit juste à temps, et la foudroya du regard.

— J'attends, rétorqua-t-il de sa voix la plus souveraine.

Elle poussa un soupir et haussa ses épaules nues.

— L'occasion ne s'est simplement jamais présentée.

Ma mère a eu besoin de beaucoup de soutien quand nous sommes rentrées en Angleterre, et je suis restée longtemps à ses côtés. J'ai fréquenté quelques garçons, je suis allée à quelques rendez-vous, mais aucun d'entre eux n'a progressé jusqu'à cette étape. Je n'ai pas vraiment été tentée d'aller plus loin. Jusqu'à maintenant.

Elle repoussa ses cheveux de lune.

— Tu n'avais pas deviné ?

Corso ne répondit pas immédiatement, de peur d'en dire trop avant qu'il ne se comprenne lui-même. Il commençait à en prendre conscience : il se comportait différemment avec elle peut-être parce qu'il l'avait connue à un âge où un roi *pouvait* connaître une roturière, avant que le devoir ou la discipline ne viennent s'ériger entre eux. Quand sa mère était morte, et qu'il était plus vulnérable que jamais, Rosie et sa famille lui avaient offert un aperçu d'une vie plus simple, plus vraie. Et, oui, il avait deviné son innocence, lors de son anniversaire, lorsqu'elle n'était encore qu'une jeune fille trop maigre et maladroite. Ensuite, des années plus tard, il avait choisi de la recontacter justement parce qu'il n'avait jamais considéré Rosie Forrester comme une femme avant de la revoir. Elle était l'adorable fille de son mentor, oui : un rat de bibliothèque, un garçon manqué, une experte en art monterossien, mais certainement pas cette beauté en vêtements de travail exsudant une sensualité palpable. Et son attitude, ce soir, était également une surprise.

— Comment aurais-je pu deviner ? Tu avais des préservatifs plein ta valise ! s'exclama-t-il, agacé.

Elle rit doucement et se cala contre les coussins, ses jolis bras pâles croisés derrière la tête.

— J'avais *quelques* préservatifs dans ma valise, oui. Ce n'est pas la coutume ? Les femmes sont tout aussi responsables de leur contraception que les hommes, non ? Alors pourquoi ne pas en avoir sur soi, juste au cas où ?

— Est-ce vraiment pour cela que tu les avais, Rosie ? Juste au cas où ?

À son grand dam, elle haussa les épaules, un mouvement qui fit rebondir ses seins et lui mit l'eau à la bouche.

— Non, répondit-elle en souriant. Ma sœur me les a offerts pour mon anniversaire, pour plaisanter. Sauf qu'elle ne plaisantait pas vraiment. Elle m'a fait comprendre qu'il était grand temps que je fasse ce que les autres femmes de mon âge faisaient aussi.

— Et tu m'as choisi, moi, pour ton projet d'initiation ? railla-t-il. Tu commences un peu au-dessus de ton niveau, non ?

L'insulte toucha sa cible. Le visage de Rosie s'assombrit, et elle se redressa, les yeux étincelants.

— Je vais ignorer l'incroyable arrogance de ta remarque et te faire remarquer que c'est *toi* qui m'as choisie. Ou alors, que nous nous sommes choisis l'un l'autre. Cela fait des jours que la tension monte entre nous ; même une *novice* comme moi s'en est rendu compte. Je n'aurais pas cherché à aller plus loin, pas seulement parce que tu es toujours entouré de gardes, mais par principe. Toi, en revanche, tu es venu me rendre visite, ce soir. Qui a pris l'initiative, hein ?

— Je suis venu pour mettre les choses au clair !

Les lèvres de Rosie frémirent comme si elle retenait un sourire.

— Bien sûr, Corso. Tu es passé m'avertir que nous ne « coucherions » jamais ensemble, et ensuite tu as enlevé tes vêtements. Les choses sont très claires.

Elle secoua la tête.

— Ne t'inquiète pas, reprit-elle. Ce qui est arrivé est arrivé, mais je n'attends rien de spécial. Je ne vais pas te supplier de me faire reine.

— J'espère bien ! Cela n'arrivera jamais !

— Je sais. Et je n'en ai aucune envie. En plus, tu m'as

déjà expliqué comment tu choisirais la femme de ta vie l'autre jour. Quelle chanceuse…, railla-t-elle.

Mais, comme il ne riait pas, elle lui offrit un sourire comme une branche d'olivier.

— Détends-toi, Corso. Pourquoi ne pourrait-on pas considérer ce qui vient de se passer comme un très agréable interlude ?

Corso haussa les sourcils.

— Un très agréable interlude ? dit-il doucement. Après des moqueries incessantes, je dois maintenant souffrir de tièdes compliments ?

— Corso ! Tu es vraiment une tête de mule. Ce n'est pas ce que je voulais dire.

— Non ?

— Non !

Cette fois, elle détourna le regard. Son assurance tranquille s'était effilochée.

— Arrête, marmonna-t-elle. C'était incroyable, si tu veux tout savoir. Vraiment incroyable. Pour moi, en tout cas.

— Pour moi aussi, murmura-t-il dans le silence qui suivit, avant de se mordre la langue.

Pourquoi éprouvait-il ainsi le besoin d'être si sincère avec elle ? Peut-être par générosité : il était son premier, il avait pour devoir de la rassurer, afin qu'elle soit épanouie et confiante avec ses futurs amants. Ah, mais l'imaginer avec d'autres hommes ne fit qu'éveiller en lui un accès de jalousie, et il serra les dents.

— Je suis simplement surprise…

— Mmm ?

Il releva les yeux, arraché au tumulte de ses pensées.

— Je suis surprise que tu m'aies choisie. Tu as tant d'options, et avec des femmes qui feraient de bien meilleures partenaires. Pourquoi moi ?

Habituellement, ce genre de question était une tactique

pour lui arracher un compliment, mais Rosie était différente. Il envisagea un instant d'éviter adroitement la question, mais il savait que Rosie le connaissait trop bien pour se laisser embobiner par de la rhétorique. Elle l'avait connu arrogant, généreux, silencieux et bavard ; elle avait vu ses larmes, ses caprices et ses faiblesses. Elle lui avait toujours offert son honnêteté et sa droiture. Il lui devait la vérité.

— Tu veux savoir pourquoi je ne peux pas te résister ?

— Oui.

— Tu es très attirante, commença-t-il, hésitant.

— Mais pas ton type habituel, pas vrai ?

— Non…

Après tout, il y avait bien longtemps qu'il n'avait plus de « type » habituel. Ses préférences avaient-elles changé ?

— Si tu veux vraiment une explication… J'attribuerais tout cela à la proximité.

— La proximité ? répéta-t-elle, sans parvenir à dissimuler sa déception. C'est tout ?

Oui, la proximité, et rien d'autre. La proximité et une frustration accumulée avaient créé une alchimie explosive, c'était aussi simple que cela. Il était temps de mettre les choses au clair, pour Rosie comme pour lui.

— Quand la proximité est alliée à l'abstinence, cela donne un cocktail explosif. Cela fait très longtemps que je n'ai pas eu de relations avec une femme, tu comprends. Pas depuis sept ans, à vrai dire. Cela te dit quelque chose ? susurra-t-il.

La confusion était palpable sur le visage de Rosie.

— Sept ans ? Tu parles de cette femme, à ton anniversaire ? Celle que j'ai entendue au téléphone ? Comment s'appelait-elle ?

— Je ne sais plus.

— Tiffany ! s'exclama-t-elle. Tiffany Sackler, c'est ça. Elle voulait tomber enceinte de toi… Tu étais très en colère.

— J'étais en colère contre moi-même, surtout.

— Assez pour te dégoûter du sexe ?

— Je ne suis pas dégoûté du sexe. J'ai simplement réévalué mes mœurs. J'ai compris que je n'avais pas assez considéré ma position dans mes choix de vie. J'étais en train de mettre mon statut et le trône en danger pour mon propre plaisir.

— Et ça a été dur pour toi ? Ces années d'abstinence ?

Il sourit malgré lui.

— « Dur » n'est pas l'adjectif que j'emploierais, riposta-t-il. Oh ! Rosie, il faut que tu cesses de rougir comme cela lorsque tu es dans mon lit. Tu m'empêches de me concentrer sur le sujet.

— Je suis sérieuse, insista-t-elle en cachant ses joues derrière ses mains. À l'époque, tu étais connu comme un…

— Comme un quoi, Rosie ?

— Comme un sex-symbol, j'imagine. Un Casanova, aussi. C'est un revirement drastique.

Derrière la haute baie vitrée, la tour Eiffel clignotait turquoise et violet, les couleurs du drapeau monterossien, comme chaque soir depuis son arrivée. Il poussa un soupir.

— Au début, j'appréciais la discipline de l'ascétisme. J'aime me tester, repousser mes limites. Comme dans le service militaire, tu comprends ? Personne n'aime se lever aux aurores, prendre une douche glacée, puis courir pendant des heures avec un sac sur le dos, mais on se sent plus puissant lorsque c'est terminé. En effaçant le sexe de ma vie, mon esprit était bien aiguisé. Je pouvais laisser de côté mes distractions. Qui plus est, cette décision a coïncidé avec mon accession au trône, et en endossant la couronne j'ai découvert ce dont j'avais réellement hérité.

Cette fois-ci, elle n'insista pas, malgré l'accent d'amertume qui colorait sa voix. Elle se contenta de glisser une mèche pâle derrière son oreille, les yeux posés sur lui, et il reconnut une qualité qu'il avait toujours appréciée chez son père – elle aussi savait instinctivement quand le silence en disait plus long que les mots. Comme ensorcelé, il s'entendit reprendre la parole :

— Un pays fonctionne comme une personne. Il évolue, il grandit. Et je n'aimais pas ce que mon pays était devenu. La face cachée que j'ai découverte m'a écœuré. Jeux illégaux, blanchiment d'argent, prostitution, trafic de drogue.

Rosie grimaça. Il était surpris de s'entendre lui confesser tout cela ; pas *tout*, non, certaines choses resteraient secrètes. Mais plus qu'il n'avait jamais osé dire à voix haute.

— Je voulais instiguer un changement fondamental. Je voulais que Monterosso devienne une destination durable et culturelle. J'ai fermé les établissements les plus douteux, reverser des fonds dans de nombreux projets sociaux, travailler à la reforestation, à la restauration du patrimoine. Je sais que Monterosso pourrait faire partie des sites classés au patrimoine mondial, si nous changeons d'attitude.

— C'est très louable, tu sais, dit-elle. Je comprends pourquoi tu voulais exposer les antiquités Forrester…

Il lui sourit. Ses beaux yeux gris scintillaient de passion. À cet instant, elle semblait si pleine d'idéalisme, si belle, que Corso ne put se résoudre à la décevoir en admettant ses véritables motivations pour cette tournée. Il en avait assez dit. Rosie était déjà trop proche de lui – physiquement, émotionnellement. Il était si facile de confondre confidences et intimité, et il n'y avait *aucune* intimité entre eux – seulement du sexe, désintéressé, distant.

Il devait raffermir cette frontière immédiatement.

— Viens, murmura-t-il.

Il ne manqua pas l'indécision sur son visage : elle comprenait la signification de cette demande. Il ne l'attirait pas dans ses bras, non : il lui demandait de venir à lui, de baisser les armes. Si elle désirait Corso, elle devrait obéir à ses règles, car il était né pour régner.

Ses yeux gris s'assombrirent. Elle avait pris sa décision.

Elle traversa le lit, les seins délicieusement mouvants, et se pressa contre lui. Son corps était chaud et doux.

— Qu'est-ce que tu veux ? murmura-t-elle en enlaçant sa nuque.

Le corps de Corso réagit immédiatement. Sa main glissa sur sa poitrine et caressa un téton dressé.

— J'en attendais plus de toi, Rosie, susurra-t-il. Fais preuve d'imagination.

— Quand on en attend trop, on risque toujours d'être déçu.

— Crois-moi, tu ne seras jamais déçue avec moi.

— Tu es tellement…, murmura-t-elle, mais ses paupières se fermèrent lentement. Tellement…

— Tellement ? la taquina-t-il, une main maintenant glissée entre ses cuisses.

— … arrogant, laissa-t-elle enfin échapper. Corso !

— Rosie… Je vais te faire l'amour encore une fois, et te faire jouir, juste pour te montrer que la jouissance de la première fois n'était pas un coup de chance.

— Tout est un jeu de pouvoir, pour toi, hein ?

Il ne répondit pas. À la place, il la fit basculer en arrière et remplaça sa main par sa bouche, enivré de sentir enfin le nœud de son plaisir sur sa langue. Oh ! et il la fit jouir, une fois, deux fois, avec sa bouche et avec ses doigts. Longtemps, il ne s'autorisa pas la même satisfaction. Il savourait la tension croissante de son corps, la souffrance de sa propre retenue. Il ne la pénétra qu'après une longue tourmente, lorsqu'elle le supplia de la prendre, comme pour lui démontrer, comme pour se démontrer qu'il avait repris le contrôle. Qu'il était toujours maître de lui-même, et maître absolu également.

Alors, enfin, il enfila un préservatif et empoigna ses hanches, haletant. Elle s'était redressée sur un coude.

— Corso ? murmura-t-elle, curieuse ou inquiète.

Il ne lui répondit pas. Il ne voulait plus de questions, d'explications et d'analyse. Il ne voulait pas penser à ses émotions ou tenter de comprendre les siennes. Il voulait se perdre au fond d'elle et cesser de penser.

Mais, après la volupté, alors qu'il était couché dans ses bras, paisible et satisfait, une mélancolie soudaine le submergea. Il se tourna sur le flanc pour la contempler, et son cœur rata un battement. Un bras jeté au-dessus de sa tête auréolée par la brillance pâle de ses cheveux blonds, ses longs cils de lune baissés sur ses joues roses, elle était abandonnée et endormie. *Oh ! Rosie*, pensa-t-il tristement, la gorge nouée, *tu n'aurais jamais dû me laisser entrer dans ta chambre ou dans ton lit.*

10.

Quand Rosie s'éveilla le lendemain, elle se demanda un instant si cette nuit n'avait été qu'un rêve. Elle ouvrit les yeux. Les rideaux encore ouverts ne cachaient pas un ciel nuageux et la tour Eiffel, plus sobre en plein jour.

Elle embrassa la pièce du regard comme pour trouver les preuves de sa nouvelle réalité. Corso avait été auprès d'elle, la veille. Il lui avait fait l'amour – non, il lui avait présenté les plaisirs du sexe. Il y avait une différence entre les deux. Elle n'était pas assez naïve pour les confondre.

Il n'avait rien laissé derrière lui, néanmoins. La veste militaire avait disparu. Il ne restait plus un signe du roi de Monterosso, mais sa présence imprégnait la pièce. Son odeur s'attardait sur sa peau, ses muscles étaient délicieusement douloureux ; elle pouvait encore l'imaginer en elle. Elle ne l'avait pas entendu partir ; il ne lui avait pas offert de baiser d'adieu. Pas de promesse, pas de conversation malaisée. Peut-être devrait-elle en être soulagée. Elle attrapa sa montre, jeta un œil à l'heure, et bondit hors du lit. Il était temps de se remettre au travail.

Elle commanda un café, qui arriva avec le croissant le plus décadent du monde. Après la douche et le petit déjeuner, elle se sentait déjà mieux : un peu plus elle-même, et un peu moins comme si elle avait perdu l'équilibre et atterri dans une vie qui n'était pas la sienne. Maintenant qu'elle avait repris ses esprits, elle était curieuse de disséquer les informations que Corso avait partagées avec elle, la veille. Il travaillait d'arrache-pied pour restaurer la réputation de son pays et protéger son économie. Elle n'avait jamais songé à ce qu'il endurait derrière les portes closes de la salle du trône.

Elle décida bien vite de quitter les lieux. Il était inutile de rester à l'ambassade, et elle ne voulait pas que Corso se sente responsable pour elle. En le revoyant, elle ne rougirait pas, ne bouderait pas ; elle ne fondrait pas comme neige au soleil lorsqu'il croiserait sa route. Elle vivrait cette expérience de façon rationnelle et moderne.

Elle quitta la grande bâtisse sans demander son reste, prit le métro au jardin des Tuileries, et arriva seule au musée. Philippe était dans son bureau, penché sur des magazines. À son arrivée, il leva la tête et lui sourit, une boucle brune retombant élégamment sur ses beaux yeux sombres.

— Bonjour. Est-ce que tu as vu les nouvelles ?

Rosie secoua la tête et le rejoignit pour lire par-dessus son épaule. Deux photos, une d'elle et une de Corso au dîner de la veille, faisaient la couverture. Elle se reconnaissait à peine, avec sa robe de designer et les bijoux scintillants à ses oreilles et à sa gorge. Ses cheveux cascadaient jusqu'à sa taille et conféraient à la tenue une liberté sauvage dont elle n'avait pas été consciente, la veille.

— Qu'est-ce qu'ils écrivent ? demanda-t-elle.

Philippe passa le texte en revue.

— Ils parlent des projets du roi, des liens plus étroits que nous lions entre nos deux pays. Ils couvrent aussi l'histoire de ta famille et sa relation intime avec les da Vignola. Ils complimentent ta beauté, sourit-il. Ils ont raison, tu es magnifique. Ils terminent avec la présentation de l'exposition et mentionnent qu'elle ouvre ce matin. Je pense que nous allons être très occupés, Rosie.

Et Philippe avait raison.

Les visiteurs faisaient déjà la queue devant le musée avant

l'ouverture. Rosie se jeta dans le travail. Cependant, agacée contre elle-même, elle sentait sa déception croître à mesure que la journée s'écoulait. Encore et encore, elle jetait des coups d'œil subreptices vers l'entrée du musée, et cherchait des excuses pour aller à la réception et ainsi inspecter la rue, où la voiture du roi n'était toujours pas apparue.

Et pour cause : le roi ne leur rendit pas visite.

Ils fermèrent les portes à 18 heures. Philippe les invita, elle et le reste des employés, à célébrer le succès de ce premier jour avec une coupe de champagne au bar du coin, mais Rosie refusa. Elle n'était pas certaine de pouvoir encore longtemps se forcer à sourire. Elle aurait aimé retourner chez elle, dans le petit cottage au fond de la forêt, mais ce n'était pas possible. Elle avait simplement besoin d'être un peu seule, pour faire son deuil. Son aventure avec Corso n'avait duré qu'une nuit ; c'était sans doute mieux ainsi. Que pensait Corso, à cet instant ? Regrettait-il sa décision ? Il avait brisé son abstinence avec elle, au lieu de choisir une femme plus glamour. À la lumière du jour, il était sans doute déçu de lui-même. Ou alors, il n'y songeait même plus.

Oh ! elle ne voulait pas être obsédée par le roi de Monterosso. Elle était à Paris, pour l'amour du ciel. Elle sortit son guide touristique et opta pour une promenade au jardin des Tuileries. Le parc était magnifique, et très tranquille, à cette heure. Quelle chance d'avoir un tel espace en plein milieu de la ville, silencieux et verdoyant, poignant de beauté dans le halo coloré des tulipes et le rose soutenu des arbres de Judée !

Le printemps avait cette particularité d'évoquer l'amour. Pourquoi donc ? L'amour n'était qu'un mot, un mot stupide. On le brandissait comme une arme, un statut, une manipulation. Un homme anonyme l'avait utilisé contre sa mère, et elle y avait perdu toutes ses économies. Son père avait eu tout l'amour du monde pour son travail, et il en était mort.

Rosie repoussa ces pensées moroses et explora le jardin jusqu'au coucher du soleil. Elle prit ensuite le métro à la sortie du parc et rentra à l'ambassade, où l'assistant préféré du roi, Rodrigo, l'attendait de pied ferme.

— Ah ! mademoiselle Forrester ! Le roi exige votre présence, lança-t-il avant même qu'elle n'ait le temps de retirer son manteau.

— Quand ?

— Maintenant.

— Je vais d'abord aller me changer, dit-elle calmement, déterminée à ne pas se laisser impressionner par la fébrilité de Rodrigo ou par son air désapprobateur.

Elle n'était pas un chien bien dressé, prête à accourir dès que le roi de Monterosso la sifflait ! Elle voulait garder un semblant de contrôle plutôt que de tomber à ses pieds. Ou pire… de tomber amoureuse.

Un élan anxieux lui tordit l'estomac.

Non. Cela n'arriverait jamais.

— Je vous attends, insista Rodrigo, les lèvres pincées, en se postant devant la porte de sa chambre.

Rosie prit tout son temps, avec le sentiment de jouer avec le feu. Elle retira la chemise de soie et le pantalon de costume qu'elle avait portés pour le travail, et ignora délibérément les vêtements hors de prix pendus dans la garde-robe. Durant son temps libre, elle avait le droit d'être elle-même. Elle enfila un jean délavé et un vieux pull qu'elle avait tricoté pendant les longues nuits passées à l'hôpital, au chevet de son père.

Lorsqu'elle émergea enfin de sa chambre, Rodrigo n'avait pas bougé. Il l'accueillit avec un regard noir qui en disait long sur l'insolence de son retard et de sa tenue. En le suivant jusqu'à la suite du roi, au premier étage, Rosie eut l'impression vague d'être une prisonnière escortée jusqu'à sa cellule. Mais les appartements du roi n'avaient rien d'une prison. Sa suite ressemblait à un écrin splendide et ornementé dont l'invité de marque, planté à cet instant devant la baie vitrée, les yeux perdus sur le faubourg Saint-Honoré, était le joyau. Corso fit volte-face à leur arrivée, et le cœur de Rosie bondit dans sa poitrine lorsque leurs regards se croisèrent. Elle se laissa submerger par les souvenirs torrides de la veille.

— Mademoiselle Forrester, Votre Altesse, annonça l'assistant avec une révérence.

— Oui, je vois cela. Laisse-nous, Rodrigo. Je ne veux être dérangé sous aucun prétexte.

— Bien sûr, Votre Altesse.

Rodrigo s'éclipsa immédiatement, mais un silence suivit son départ. Ils restèrent un moment face à face, à s'observer, comme s'ils se rencontraient pour la première fois. Corso attendait la réaction de Rosie. Comme elle ne prenait pas la parole, son impatience s'accrut. Une part de lui voulait qu'elle le repousse : qu'elle exige de savoir pourquoi il avait quitté sa chambre sans lui faire ses adieux, qu'elle s'offusque de son silence, de son audace à demander maintenant qu'elle se présente à lui, qu'elle insulte l'impolitesse de cette invitation, véhiculée par un assistant réticent. Si elle l'avait attaqué, alors il aurait eu l'opportunité de réagir – il lui aurait rappelé leurs positions respectives, et argué qu'elle n'avait aucun droit sur sa personne.

Ah, mais elle ne dit pas un mot. Elle se contentait de l'étudier d'un regard clair, froid et circonspect, pendant que son propre sang bouillait dans ses veines. Elle était si imperturbable… il ne pouvait que l'admirer. Elle se tenait droite, fière et calme, la tête haute, étrangement à l'aise dans ces lieux de faste et de luxe, malgré l'incroyable décontraction de sa tenue.

— Tu ne dis rien, déclara-t-il.

— J'attends votre ouverture, Votre Altesse. C'est bien la procédure, n'est-ce pas ?

Elle avait parlé avec une humilité parfaitement jouée, mais la moquerie restait palpable.

— Peu importe la procédure, rétorqua-t-il, et il traversa soudain la pièce à grands pas pour l'attirer dans ses bras.

Il baissa les yeux sur elle et se laissa engloutir par les profondeurs anthracite de ses prunelles. Son corps réagit immédiatement.

— Je ne t'ai pas vue depuis trop longtemps.

— J'étais…

Son souffle s'était accéléré. Il ne lui était pas indifférent, Dieu merci. Elle déglutit.

— J'étais au travail, au musée. C'est pour cela que tu me payes, tu te souviens ? L'exposition est un succès.

— Et pourtant, tu as préféré te promener dans les jardins du Louvre plutôt que de fêter cela avec tes collègues. Je me demande si ta décision a déçu Philippe…

Elle fronça les sourcils.

— Comment sais-tu ce que j'ai fait cet après-midi, et quel rapport avec Philippe ?

Il haussa les épaules. Ses doigts avaient glissé sous son pull et trouvé sa peau chaude sous l'étoffe. Il préférait de loin la distraire que d'admettre l'étrange jalousie qui l'avait tourmenté aujourd'hui.

— Quelques-uns de mes gardes du corps ont gardé un œil sur toi.

— Ah ! tu veux dire que tu m'as espionnée ?

— Pas du tout, grogna-t-il. Tu fais partie intégrante de mon détachement, et tu es par conséquent sous ma protection.

— C'est la même ch…

Mais un baiser brûlant avala le reste de sa phrase. Non pas que Corso ait voulu interrompre $1a repartie espiègle qu'elle lui préparait sans doute, il avait simplement un besoin viscéral de s'unir à elle de nouveau. Il la voulait. Il la voulait terriblement. Et, à en juger par l'avidité avec laquelle elle lui rendait son baiser, le manque était réciproque. Elle avait enfoui les doigts dans ses cheveux et le pressait contre elle. Il sentait ses tétons durcis contre son torse. Oh ! toute cette chair douce et ronde, si proche, quoique dissimulée sous ces vêtements élimés – et cette bravade vestimentaire n'était-elle pas, elle-même, une marque d'indépendance qui ne faisait qu'aiguiser son désir ?

Son cœur battait la chamade. Soudain, il voulait balayer le fardeau de ses responsabilités, oublier le contrôle, la retenue et la frustration qui avaient régi sa vie, briser le vernis de politesse qui définissait son monde. Il ne voulait plus être civilisé, plus être emprisonné. Il voulait se laisser aller à l'impulsion, à la liberté, à la sauvagerie. Il voulait la prendre ici. Maintenant. Sur le sol.

Cette urgence, il ne l'avait jamais connue, mais c'était tout naturel, n'est-ce pas ? Il rattrapait simplement le temps perdu. Alors il sombra avec elle sur le tapis persan, puis lui retira son jean, les mains tremblantes, le front fiévreux. Assoiffé d'elle, il remonta les mains sur ses cuisses soyeuses et effleura le coton humide de sa culotte, avant de plonger les doigts sous l'étoffe.

— Corso ! gémit-elle alors qu'il caressait sa chair brûlante.

— Corso, quoi ? susurra-t-il contre sa bouche.

Mais elle avait déjà fermé les paupières, ses cuisses s'étaient ouvertes, et elle semblait aussi abandonnée et impuissante qu'il l'était devant elle. Il reprit sa bouche dans un baiser dévorant, éperonné par un appétit insatiable. Il continua de la satisfaire de sa main et, après quelques minutes, elle jouit sur ses doigts, tendue sous son corps, gémissant son nom. Le parfum de son plaisir était enivrant. De sa main libre, il libéra son érection et attrapa un des préservatifs qu'il avait discrètement fait livrer dans ses appartements, un peu plus tôt dans la journée. Il aurait aimé garder le contrôle de lui-même, mais c'était impossible. Allongé sur le tapis écarlate, il tremblait tant qu'il ne parvenait pas à gainer son membre. Et soudain, Rosie était près de lui, à genoux, et déroulait le préservatif de ses doigts tièdes. Il gémit, au bord du gouffre. Il l'attira sur lui d'une main impérieuse. Un grognement lui échappa lorsqu'elle l'accueillit en elle avec un soupir de plaisir et se mit à le chevaucher, les yeux plongés dans les siens.

Il ne pouvait détourner le regard d'elle.

Il n'avait jamais ressenti une chose pareille. Le sexe semblait soudain vital, viscéral. Il avait l'impression insensée que sa survie dépendait de Rosie. Il ne voulait que se perdre en elle, il ne voulait qu'elle, chaque parcelle d'elle, chaque atome d'elle. Était-il possible qu'il puisse ainsi désirer si fort, tout en craignant le pouvoir que ce désir pouvait avoir sur lui ? Peut-être – mais peu lui importait, car Rosie avait rejeté la tête en arrière et gémissait au-dessus de lui, et il se laissa emporter par le plus pur des plaisirs.

Leurs ébats continuèrent. La deuxième fois aurait dû satisfaire cette soif charnelle, mais elle ne fit qu'aiguiser ses sens. La troisième fois le prit comme un vertige et le laissa épuisé. Mais ce ne fut qu'après, alors qu'ils se prélassaient face à face dans sa large baignoire, que Corso exprima ses pensées à voix haute :

— Je ne m'attendais pas à cela.

— Au sexe ?

Ce mot si cartésien semblait bien inadéquat pour décrire la volupté frénétique qu'ils venaient de partager, mais il était hors de question de lui donner de l'espoir en la corrigeant.

— Oui, dit-il. Au sexe.

Elle lui sourit, un peu timidement.

— Moi non plus.

Elle s'enfonça plus profondément dans l'eau brûlante avec

un silence de contentement. Il laissa glisser son regard sur elle. La vie était pleine de surprises. La façon dont il réagissait à ces surprises déterminait son succès ou son échec. Tant de choses dépendaient de ce qu'il trouverait à New York… Des choses qu'il préférait enterrer dans les tréfonds de son esprit, mais qui le hantaient souvent lorsqu'il était enfin seul, avant l'aurore, et qu'il s'éveillait en sursaut, le front moite, sa quête à venir d'un spectre nébuleux et insaisissable en tête. Devrait-il proposer un rendez-vous à son demi-frère ? Ce serait mettre en marche une bombe à retardement…

Fouiller dans le passé de ses parents avait demandé un long travail d'investigation dont il n'avait pu partager le fardeau avec quiconque, même son assistant le plus fidèle. Ainsi, il était *presque* assuré que la presse n'en entendrait jamais parler. Néanmoins, à mesure que l'échéance approchait, il craignait qu'un tabloïd ne trébuche sur la piste de son enquête et n'y trouve son compte. Cependant, la presse était si facile à distraire…

Une nouvelle idée lui apparut, aveuglante de clarté. Sa brève aventure avec Rosie Forrester pouvait-elle jouer en sa faveur ? L'opportunité était trop belle ; c'était la solution parfaite pour divertir des journalistes trop curieux.

Mais sa conscience lui pinçait le cœur.

Et s'il la blessait, elle ?

Non, c'était idiot. Rosie savait, comme lui, que cette liaison n'était que temporaire. Ils avaient parlé plusieurs fois de son futur mariage. Au contraire, afficher leur relation en public était un honneur. Ils n'avaient aucun avenir, mais elle ne pourrait jamais dire qu'il avait honte d'avoir connu Rosie Forrester.

Il leva les yeux vers elle. Elle était une vision divine à travers la vapeur du bain brûlant. Les coudes sur les bords de la baignoire, ses cheveux épais ramenés en haut chignon vague, quelques mèches pâles et humides auréolant sa nuque et son visage, ses tétons roses à demi exhibés à la surface de l'eau parfumée, elle semblait parfaitement angélique. Et même ainsi, face à ce portrait de naturel et d'innocence, il avait envie d'elle. Chaque fois qu'il la voyait, il avait envie d'elle. C'était un instinct puissant, viscéral, incompréhensible de magnétisme. Pour en être libéré, il n'y avait qu'une seule solution : il devait sombrer. C'était la seule façon de briser le sortilège.

La bouche sèche, il annonça :

— Quand nous partirons pour New York…

Elle leva une main pour l'interrompre.

— Je sais, Corso. Ne t'inquiète pas.

— Que sais-tu ? dit-il, un sourcil arqué.

— Je ne m'attends pas à ce que notre relation continue après Paris.

Sous l'eau, il attrapa son pied pour masser sa cheville.

— Pourquoi pas ?

— Parce que…

En guise de contre-attaque, elle l'éclaboussa d'eau et de bulles.

— Tu sais très bien pourquoi. Tu es roi et je suis ton employée.

— Et en quoi cela impacte-t-il ce que nous faisons pendant notre temps libre ?

— Tu es sérieux ?

— Je suis toujours sérieux. Il n'est pas nécessaire de mettre un terme à notre relation tant qu'elle nous satisfait tous les deux, déclara-t-il en lui jetant un regard langoureux. Du moment que nous sommes tous les deux d'accord avec les limites naturelles d'une telle liaison.

— Tu veux dire qu'elle doit rester secrète ?

Il secoua la tête.

— Non. Nous avons parfaitement le droit d'être vus ensemble, même en public.

Elle haussa les sourcils, visiblement surprise.

— Du moment que tu sais que rien de tout cela ne mènera au mariage, ajouta-t-il.

D'autres qu'elle auraient peut-être trouvé cette déclaration inutilement brutale, mais Rosie appréciait son honnêteté. C'était la meilleure façon de tuer dans l'œuf les fantasmes qui parfois tentaient de la séduire. Corso était on ne peut plus clair : il serait dangereux de nourrir des rêves de romance avec le roi de Monterosso. Son avertissement n'avait pas lieu d'être, néanmoins : elle connaissait les règles mieux que personne. Elle savait aussi qu'elle aurait dû mettre un terme à leur relation dès maintenant, avant qu'elle ne se laisse prendre à son propre piège, et brise son propre cœur.

Mais comment aurait-elle bien pu se détourner de Corso Andrea da Vignola ? Même à cet instant, elle avait du mal à croire qu'il était là, devant elle, tout près d'elle. Des gouttes d'eau étincelaient comme des diamants sur l'incandescence sombre de ses cheveux ; sa peau semblait de soie. Sous la surface, elle sentait sa cuisse puissante et rugueuse pressée contre la sienne. Elle partageait un bain avec un monarque, et pourtant son statut n'avait aucune importance. Elle ne voulait que lui. Pas son pouvoir, pas ses privilèges, mais *lui*. L'homme, pas le souverain.

Et n'était-ce pas cela le plus grand des dangers ?

— Bien sûr que ça ne mènera pas au mariage. Tu ne crois pas que c'est un peu arrogant de ta part de penser que c'est ce que je veux ?

— Donc tu ne voudrais pas m'épouser ?

— Tu sais que, si nous sommes vus en public, la presse va spéculer, esquiva-t-elle.

— La spéculation ne me dérange pas.

La sécheresse de son ton brisa la légèreté de leur badinage, et Rosie haussa les sourcils, perplexe. Pourquoi pinçait-il ainsi les lèvres et évitait-il son regard ? Avait-il donc si peur qu'elle prête à leur liaison trop d'importance ? Elle lui montrerait : elle ne lui demanderait rien, elle ne chercherait pas sa présence, elle ne parlerait jamais du futur. Ils n'avaient *pas* de futur. Non, elle prendrait cette liaison pour ce qu'elle était, c'est-à-dire un peu de distraction et d'adrénaline avec un homme incroyablement désirable. Et si, dans quelques semaines, de retour au cottage, elle se prenait à souffrir de son absence et à rêver de lui, elle s'en remettrait bien assez vite. Elle avait surmonté assez d'épreuves dans la vie ; elle savait comment gérer un cœur brisé.

— Alors ? Acceptes-tu de dîner avec moi ce soir, Rosie ?

— J'imagine que oui, murmura-t-elle, la voix soudain tremblante, car la main chaude de Corso glissait maintenant le long de sa cuisse.

L'eau parfumée déborda de la baignoire lorsqu'il atteignit sa cible frissonnante, et soudain Rosie ne parvint plus à réfléchir.

11.

Corso da Vignola était une star internationale. En tout cas, c'était ce que la presse new-yorkaise affirmait. Les médias étaient assoiffés de scoops people, après une année de nouvelles plus moroses les unes que les autres. La Grosse Pomme ne se lassait pas du séduisant roi méditerranéen et de sa belle assistante qui parlait si bien de bijoux antiques et de tragédies royales.

Cette fois-ci, l'interview qui précédait l'ouverture de l'exposition passait sur une des chaînes les plus populaires du pays, pour un public bien plus vaste qu'en France. Rosie s'était réveillée aux aurores pour un entretien autour d'un petit déjeuner. Malheureusement, la présentatrice, une femme incroyablement glamour au maquillage impeccable, semblait plus intéressée par le roi que par la provenance des bijoux du sépulcre. Avant que l'entretien télévisuel ne commence, elle s'exclamait déjà :

— Dites-moi tout ! Comment décririez-vous Corso da Vignola ?

— Oh ! vous savez, répondit Rosie, l'air parfaitement neutre, il ressemble à n'importe quel roi, je suppose.

— Je ne peux pas savoir ; je n'ai jamais rencontré de roi ! roucoula son interlocutrice. A-t-il l'intention d'organiser une fête pendant son séjour ? Ne m'oubliez pas, d'accord ?

Lorsqu'un clignotement rouge annonça le début du *live*, Rosie inspira profondément. Cette fois, elle n'était pas nerveuse : elle n'avait qu'à songer à Corso, à la façon dont elle parvenait à le faire gémir lorsqu'ils étaient seuls, et sa timidité s'envolait. Comment pouvait-elle douter d'elle-même, lorsqu'un homme comme lui lui murmurait à l'oreille qu'il la voulait plus que tout et lui montrait sans arrêt ?

À l'instar de toutes les ambassades, la délégation monte-rossienne était située à Washington, à plusieurs heures de voiture de New York. Comme Corso n'avait eu aucune envie de prendre un hôtel, il avait emprunté le loft d'un ami. L'appartement, au dernier étage d'un magnifique gratte-ciel, n'était qu'à quelques minutes du Madison Square Park et du petit musée où les bijoux seraient exposés. Donna Green, la chargée d'exposition, était chaleureuse, et son équipe accueillante et efficace. La localisation du loft, en plein Manhattan, était aussi pratique pour Corso, qui pouvait ainsi rencontrer facilement les investisseurs et les hommes d'affaires avec qui il avait prévu d'entrer en négociation. Néanmoins, il avait demandé à Rosie d'approuver leur logement avant qu'ils ne s'y installent, et elle était flattée qu'il respecte son opinion.

Un ascenseur de verre les emmena vers le trentième étage, au sommet de la tour, jusqu'à l'appartement le plus incroyable qu'elle ait jamais vu. Évidemment, elle n'était pas habituée à un tel degré de luxe. Même Corso sembla un instant impressionné, et il avait des standards bien supérieurs aux siens. Avec ses cinq étages, l'appartement semblait tout droit sorti d'un magazine de décoration intérieure. Il n'avait pas moins de onze chambres, quatorze salles de bains, et après un quart d'heure de visite Rosie s'inquiéta de se perdre un jour dans ses méandres.

— Mais tu aimes ? s'enquit Corso en s'arrachant à la vue de la ville, exhibée dans toute sa splendeur par un mur de verre.

Rosie vagabondait dans l'immense pièce à vivre. Elle

frôla une énorme table à manger en verre décorée de fleurs fraîches.

— Bien sûr ! C'est magnifique. Mais tout est si parfait que je me sens un peu comme dans un décor de film.

Il haussa les sourcils.

— Est-ce que tu penses cela de mon palais, aussi ?

Elle manqua de sourire en l'entendant dire « mon palais » de façon si territoriale, sans aucun complexe.

— Non, pas vraiment, dit-elle, pensive. Quand tu es enfant, tout est défini par ta propre expérience, et je ne connaissais que la vie au palais. J'ai grandi en voyant des domestiques servir la famille royale et mes parents participer parfois aux banquets palatiaux ; alors je n'étais pas particulièrement impressionnée par toute cette splendeur.

— Est-ce que cela t'a manqué ? Quand tu es partie ?

Elle était toujours prise de court, tant il était rare que Corso pose des questions personnelles. Elle lui était reconnaissante pour sa distance : chaque conversation intimiste aiguisait le risque de perdre la notion des réalités, et de se prendre à rêver qu'il tenait à elle. Et ce n'était pas le cas, elle ne pouvait pas l'oublier. Il ne bâtissait pas les fondements d'une relation à long terme. Elle n'était qu'une aventure sans lendemain. Elle n'aurait sans doute même pas attiré son attention s'il n'avait pas fait vœu de chasteté pendant sept ans.

Parfois, elle avait peur que son regard brûlant ne la consume et la révèle entièrement à lui, peur qu'il découvre que ses sentiments avaient déjà évolué, malgré ses efforts désespérés pour l'éviter. Corso lui était précieux, elle ne pouvait le nier.

Mais elle lui devait l'honnêteté. Il la traitait comme une égale, et elle aimait à croire qu'ils étaient sincères l'un envers l'autre.

— Le pays m'a manqué. Les plages, les montagnes. Les

gens, aussi. Je ne me suis jamais sentie aussi chaleureusement accueillie qu'à Monterosso.

— C'est un très beau compliment, Rosie. Je te remercie, de la part de mon peuple.

Sa voix approbatrice lui instilla un soupçon d'inconfort sans qu'elle sache exactement pourquoi. Était-elle touchée ? Oui, sans doute, et c'était un risque. Elle en voulait encore, et toujours plus – son approbation et ses louanges. Lorsqu'il faisait son éloge, elle se sentait presque stable dans cette relation qui n'avait, finalement, aucune stabilité.

— Viens, je vais te montrer où nous allons dormir, dit-il, une étincelle d'or au fond des yeux. On m'a confirmé que la chambre principale avait un lit absolument gigantesque.

Mais Rosie se fichait de la taille du lit ou de la vue sur l'Hudson. Elle était uniquement captivée par l'homme qui, une fois qu'elle fut assise au bord du matelas à plumes, tomba à genoux devant elle et entreprit de lui retirer ses chaussures à talons. Il envoya valser le premier escarpin, puis le second, sur le tapis soyeux, et enfin leva son pied jusqu'à sa bouche. Son souffle caressa ses orteils nus. Elle étouffa une exclamation de plaisir lorsqu'il les lécha un par un, lentement. Elle n'aurait jamais pensé qu'une telle expérience puisse être si… érotique. Comme s'il avait entendu sa prière silencieuse, ses baisers se firent plus intenses. Il prenait son temps, glissant langoureusement le long de sa jambe pour trouver enfin le creux de sa cuisse. Elle en avait le vertige. Enfin, il lui retira sa culotte, et posa sa bouche à l'endroit où elle la voulait plus que tout. Il la taquina, la lécha jusqu'à ce qu'elle gémisse, puis crie, puis tremble. Les mains arrimées à ses hanches, comme pour la retenir, il pressa ses lèvres plus fort sur elle et accueillit sur sa langue ses pulsations d'extase sans ralentir le rythme, jusqu'à ce qu'elle retombe sur le lit, sans force, le cœur battant la chamade, l'esprit béat. Chaque fois – comment parvenait-il à lui donner tant de volupté ?

Et chaque fois, elle se sentait un peu plus vulnérable. Comme s'il écaillait petit à petit les défenses derrière lesquelles elle se cachait, toujours plus proche du cœur à vif réfugié au centre de la forteresse. Savait-il que ses émotions ne lui obéissaient plus ? Son cœur vibrait de joie à chaque fois qu'elle croisait son regard ; était-ce un signe de faiblesse, de dépendance ?

Elle devait se focaliser sur le physique, c'était impératif, plutôt que de se languir d'un impossible fantasme.

Elle ouvrit les yeux. Il l'observait attentivement. Alors, nonchalamment, elle laissa voguer ses doigts vers le relief brut de son sexe.

— Apprends-moi ce que tu aimes le mieux, dit-elle en détachant sa ceinture, mais il secoua la tête alors qu'elle le libérait de son pantalon.

— Tu n'as pas besoin d'apprentissage, Rosie. Tu es…

Il déglutit quand elle referma les doigts sur lui.

— … déjà irrésistible, murmura-t-il en fermant les yeux. Tu sembles toujours savoir ce que je veux mieux que moi-même.

Comme elle ne répondait pas, il fronça les sourcils.

— C'était un compliment. Et comme je n'en fais pas souvent, je trouve ton manque de réaction bien décevant.

Elle accueillit cet éclat d'arrogance avec soulagement. Voilà ce dont elle devait se souvenir : de cette royale prétention, plutôt que des mots tendres et poignants qui la touchaient en plein cœur et lui donnaient l'impression qu'elle était… quelque chose de plus. Spéciale. Différente.

— Veux-tu que je me confonde en remerciements comme un bon petit sujet ? murmura-t-elle. Ou peut-être que je te montre ma gratitude d'une autre façon…

Elle s'abaissa sur lui, soulagée d'être ainsi dissimulée

par l'épais rideau de ses cheveux, et le prit entre ses lèvres. Elle savoura son exclamation de capitulation tandis qu'elle le suçait goulûment, puis le léchait, lentement, comme une friandise, jusqu'au sommet salé de son plaisir. Elle le tourmenta, et finalement, lorsqu'il se répandit enfin en suppliques rauques, accueillit avidement son orgasme.

Il enfouit les doigts dans ses cheveux et l'attira à lui, encore pantelant.

— C'était… un compromis acceptable, dit-il, haletant.

Elle rit doucement. Elle ne s'attendait pas à la suite.

— Tu sais, puisqu'il y a tant d'espace ici, je me suis dit que nous pourrions profiter des deux premiers étages sans être dérangés.

— Tu veux dire… pas de domestiques ?

— Pas de domestiques.

— Pas d'assistants ?

— Pas d'assistants, confirma-t-il. Mes employés prendront le reste de l'appartement, et nous ne nous croiserons pas. Je pense qu'il serait intéressant d'être un peu… seuls. Libérateur, tu ne crois pas ?

— Si, murmura-t-elle.

Elle n'eut pas le temps de s'inquiéter des battements saccadés de son cœur, néanmoins, car Corso s'occupait déjà de déboutonner son gilet de cachemire.

La nuit tombait lorsqu'ils reprirent conscience, emmêlés l'un à l'autre entre les draps de soie de ce lit qui, son ami n'avait pas menti, était décadent de largeur. Corso bâilla.

— Veux-tu que je demande à un de mes assistants de nous réserver une table quelque part ?

Elle hésita.

— Ou alors, proposa-t-elle, on pourrait se faire livrer. New York est connu pour ses très bons traiteurs.

— Nous faire livrer…

Il considéra la proposition, pensif. Elle roula sur le ventre, calée sur un coude, et reprit :

— Tu pourrais demander à tes assistants de nous faire quelques courses. On pourrait cuisiner nos propres petits déjeuners le matin. Comme ça, pas besoin de s'habiller et d'être regardés toute la journée. Ce n'est pas très relaxant, lorsque tous les clients du restaurant nous observent et se demandent pourquoi le roi de Monterosso mange avec quelqu'un comme moi.

— Tu ne sais pas ce que les gens pensent, Rosie.

— Corso, pitié. Tu sais que j'ai raison. Tu le vis depuis ton enfance. Chaque parole, chaque geste est disséqué, analysé.

Il détourna le regard vers la baie vitrée, derrière laquelle étincelait la ville, mais sa main vagabonda d'elle-même et, avant qu'il ne remarque son geste, il caressait l'épaule laiteuse de Rosie.

— C'est vrai…

— Alors restons entre nous.

— Restons entre nous, répéta-t-il en hochant la tête.

Elle avait subtilement gagné cette bataille, il en était conscient mais, étonnamment, il n'en était pas troublé. Il y avait un certain plaisir à lui faire ainsi des concessions. Et puis, l'école buissonnière avec Rosie le distrayait d'inquiétudes plus viscérales. Son frère se trouvait quelque part dans cette ville cosmopolite. L'angoisse ne le quittait pas, comme une tempête naissante à l'orée de son esprit, un fardeau sombre au creux de son cœur. Il était venu jusqu'ici avec un objectif pour lequel il n'avait aucun appétit.

Alors pourquoi ne pas se réfugier, quelques jours, dans les bras tendres de Rosie ? Il n'avait jamais considéré le sexe comme un havre ou un réconfort, jusqu'ici. Il n'avait vécu ses aventures que comme des satisfactions éphémères. Si, de temps en temps, le sombre gong de sa conscience sonnait trop fort à ses oreilles, il était plus facile de l'ignorer lorsque son corps se perdait délicieusement dans celui de Rosie.

Au matin de leur avant-dernier jour à New York, il entra dans la cuisine et la trouva devant les plaques, une poêle à la main. Il savoura un moment la vision voluptueuse de ses courbes alors qu'elle se penchait en avant ; il n'avait jamais réalisé la sensualité que pouvait évoquer un tablier.

Elle éteignit les feux et pivota vers lui, les sourcils froncés.

— Que se passe-t-il ? s'enquit-il en attrapant la cafetière, un réflexe qui ne lui serait jamais venu à l'esprit quelques semaines plus tôt, lorsqu'il s'attendait à ce qu'un domestique accoure avec une tasse déjà prête.

— Je suis un peu stressée à propos du cocktail de ce soir.

Il lui tendit un mug de café, mais se raidit. Il avait de bonnes raisons d'être nerveux, lui aussi, quoiqu'il ne l'eût jamais admis. Il se contenta de lui jeter un regard curieux.

— Pourquoi donc ?

Elle s'essuya les mains sur son tablier.

— Je ne sais pas si c'est une bonne idée. Ils viennent pour te voir, pas moi. Franchement, je risque de faire tache. Tu as bien dit que les représentants des royaumes de Maraban et de Mardivino seraient présents ?

Elle sourit, mais l'humour était forcé.

— On ne sait jamais, tu pourrais rencontrer ta future épouse.

— J'en doute, dit-il, trop sèchement.

Il avala une gorgée de café. Ne savait-elle donc pas qu'il ne voyait qu'elle ? Non, elle ne le savait pas. Bien sûr que non. Il s'en était assuré. Il avait pris toutes les précautions du monde pour qu'elle ne puisse confondre une aventure charnelle et des sentiments plus profonds ; il ne lui avait donné aucun espoir. L'indifférence émotionnelle était un de ses premiers talents : il l'avait cultivée pendant des années, et jamais il n'en avait eu tant besoin qu'aujourd'hui. L'adrénaline pulsait dans ses veines, aiguisée par l'anticipation. Son cœur battait trop vite, sa bouche était sèche. Aujourd'hui, c'était le soir fatidique : un cocktail élégant, mais somme toute anodin, qu'il avait organisé en coulisses avec une précision militaire, et qui le mettrait enfin sur le chemin du mystérieux milliardaire qu'il n'avait aucune envie de connaître. Un homme dont l'existence même souillait les illusions de son enfance, les principes de son éducation, les valeurs de sa conscience.

Xanthos Antoniou.

Son frère.

— Corso ?

La voix circonspecte de Rosie le ramena à la réalité.

— Qu'est-ce qui te tracasse ?

Il secoua la tête comme pour dissiper ses pensées moroses, ses fantômes et ses cauchemars. Puis il traversa la cuisine et l'attira dans ses bras, le cœur encore battant d'appréhension. Que révélerait la réception de ce soir, et regretterait-il à jamais la curiosité qui l'avait mené jusque-là ?

— Je veux que tu sois à mes côtés ce soir, ordonna-t-il durement, avant de capturer sa bouche dans un baiser qui leur coupa à tous les deux le souffle.

La situation dérapa très rapidement. Il lui retira ses vêtements à la va-vite et, après avoir balayé quelques ustensiles, la pencha sur la table de la cuisine. D'un coup de reins, il la prit presque aussitôt, encouragé par ses gémissements de plaisir, et se laissa engloutir par un orgasme explosif dont le souvenir le hanta pour le reste de la journée, malgré des rendez-vous incessants avec divers P-DG, investisseurs, environnementalistes et autres chefs de projet. Lorsqu'il rentra enfin à l'appartement, il fut heureux de se glisser sous le jet glacé de la douche en mosaïque. Au moins, l'heure de vérité arrivait à grands pas.

Il contemplait la ville en contrebas lorsque Rosie émergea de la salle de bains, vêtue d'une robe éthérée couleur lie-de-vin et semée de fils d'argent, soulignant la sublime couleur de ses prunelles. Cependant, pour une fois, il ne la complimenta pas. Il était trop nerveux pour s'attarder sur la cascade brillante de ses cheveux et la beauté de ses traits. Il ne lui offrit que le hochement de tête laconique qu'il réservait d'habitude à son chauffeur.

— Allons-y. Je veux être à l'heure.

Rosie opina du chef, perplexe. L'attitude de Corso avait radicalement changé, ce soir, et elle ne comprenait pas ce qui avait bien pu provoquer cette soudaine froideur. Après tout, il avait été impulsif et passionné encore ce matin. Se lassait-il donc déjà de leur liaison ? Était-ce le premier indice de son indifférence ? Il ne restait qu'une étape sur leur tournée : Londres, où ils étaient attendus dans deux jours. Et après cela…

Elle frissonna, silencieuse, pendant qu'ils prenaient l'ascenseur jusqu'au parking souterrain. Après Londres, elle ne le reverrait sans doute jamais. Leur relation si temporaire s'évanouirait comme elle était apparue, et sans laisser de traces. Ils se diraient au revoir. Corso retournerait à Monterosso et poursuivrait sa vie, une vie bien différente de la sienne. Pendant qu'il sélectionnerait sa future reine, elle et Bianca s'occuperaient de trouver une jolie maison pour leur mère. Elle chercherait un emploi dans le monde de l'art, en espérant que la référence de Corso da Vignola lui ouvre des portes jusque-là inaccessibles. Finalement, elle avait une chance folle, et elle aurait bien des raisons d'être heureuse : trop, sans doute, pour se perdre dans la douleur sourde qui lui serrait déjà le cœur. Oh ! il était temps de se ressaisir. Il était bien inutile de gâcher leurs derniers jours pour des fantasmes qui ne deviendraient jamais réalité.

Néanmoins, quoiqu'elle tentât plusieurs fois d'entamer la conversation, Corso restait résolument silencieux. Distant, il gardait les yeux fixés sur la fenêtre de la voiture. De quoi l'excluait-il donc ?

Ils arrivèrent bientôt au musée qui accueillait ce soir le cocktail organisé par la délégation monterossienne. Un majordome les mena jusqu'à l'immense salle de réception, dont les murs tapissés de soie exhibaient de magnifiques tableaux de maître. Une vague d'applaudissements enthousiastes accueillit l'arrivée du roi, et la foule étincelante convergea bientôt vers lui.

Rosie resta silencieuse pendant qu'il bavardait avec quelques politiciens et une star d'Hollywood qu'elle reconnaissait vaguement. Une inconnue la sauva in extremis de l'ennui en l'accostant, un grand sourire aux lèvres, pour lui dire combien elle avait aimé l'exposition et la présentation des bijoux.

— Le diadème de mariage était particulièrement délicat !

— N'est-ce pas ? dit Rosie en souriant. Les perles incrustées sont si parfaitement conservées !

La soirée avança lentement. Rosie suivit les mouvements de la foule : elle mangea un peu de sushis, admira les œuvres exposées dans la pièce. Elle commenta une des peintures, mais Corso ne sembla pas l'entendre. Il s'était raidi et fixait la porte, le visage figé sur une expression qu'elle ne lui avait jamais vue.

Elle suivit son regard jusqu'à l'inconnu qui venait d'entrer. Le protocole monarchien dictait qu'un invité ne pouvait se joindre aux festivités après l'arrivée du roi, sous peine, bien sûr, d'extrême offense, mais le nouveau venu ne semblait pas s'en soucier.

Rosie fronça les sourcils, perplexe. Que se passait-il ? L'inconnu lui était étrangement familier ; elle avait l'impression de l'avoir déjà vu quelque part. Il lui rappelait vaguement Corso, malgré ses cheveux et ses yeux de jais. Il y avait quelque chose… dans la façon dont il se tenait, dont il commandait l'espace. Une femme, à son bras, le regardait avec une adoration évidente, mais il ne semblait pas la remarquer, ni les autres invitées qui s'étaient tournées vers lui à son arrivée pour l'étudier avec convoitise. Au lieu de profiter de leur attention, il laissa courir son regard sur la pièce, et s'attarda brièvement sur Corso. Mais, après tout, qui ne s'attardait pas sur Corso ?

Elle leva les yeux vers lui. Avait-elle imaginé l'éclair de rigidité qui avait traversé son corps ? Retenait-il son souffle ? Pendant un instant, il lui sembla que Corso allait traverser la salle pour accoster l'inconnu – avec un sourire ou avec un coup de poing ? –, tant il irradiait d'énergie retenue. Mais il se contenta de secouer la tête, et referma doucement sa main tiède sur son coude.

C'était la caresse la plus innocente du monde, et pourtant… elle toucha Rosie en plein cœur, car elle était absolument inédite. La famille royale s'adonnait rarement aux marques d'affection en public, et certainement pas avec des roturiers. Un tel geste en disait long, très long sur leur intimité. Un murmure vogua sur la foule lorsque les curieux le remarquèrent ; plusieurs têtes se tournèrent dans leur direction.

Elle n'aimait pas être au centre de l'attention, mais cette fois-ci un baume de douceur la réchauffa tout entière. Une telle preuve de respect et de soutien ne pouvait qu'éveiller en elle, malgré toute sa prudence, une grande émotion. Le rêve, dangereux, s'insinua plus profondément dans son esprit. Et si Corso la touchait ainsi parce qu'il la considérait comme sienne, comme son égale ? Et si leur relation avait des chances de continuer, juste un peu plus longtemps ? Ils pouvaient être flexibles, créatifs ; ils pouvaient envisager l'avenir différemment. Elle n'avait pas besoin d'une alliance et d'une couronne ; elle n'était pas naïve. Elle n'espérait pas d'arrangement permanent, pas avec Corso. Mais avait-elle vraiment tort d'espérer rester à ses côtés autant que possible ? Si Corso voulait que leur liaison perdure après la fin de la tournée, pourquoi refuserait-elle ? Il avait des bateaux, des avions. Des voitures. Voyager entre Monterosso et l'Angleterre ne serait pas bien difficile. Pourquoi abandonnerait-elle cette parenthèse qui la rendait si heureuse ?

Oh ! elle savait pourquoi : parce que les sentiments qui allaient avec ne feraient que croître. N'était-elle pas déjà un petit peu – plus qu'un petit peu – amoureuse de lui ?

— Viens, dit-il soudain. Nous partons.

— Mais nous venons…

— Si tu veux rester, Rosie, ne me laisse pas gâcher ta soirée, la coupa-t-il d'une voix glacée. Je peux demander à un chauffeur de t'attendre.

Sa main avait lâché son coude.

— Quant à moi, je pars.

C'était une façon abrupte et inexplicable de terminer la soirée. Elle ne comprenait pas. En l'espace de quelques secondes, il avait nourri et brisé ses fantasmes, et l'intimité si simple qui les avait unis depuis des jours s'était volatilisée.

— Corso… que se passe-t-il ? s'enquit-elle alors qu'ils montaient dans la voiture.

Que se passait-il ! Corso posa une main lasse sur son visage. Que pouvait-il bien lui répondre ? Que toutes ses certitudes venaient de voler en éclats ? Il crispa le poing, le cœur serré de douleur. Il s'était toujours considéré comme… unique. Le seul héritier de sa lignée, né pour régner. C'était une évidence : la constante qui avait dicté sa vie et le comportement de tout son entourage. Même dans ses méditations les plus sincères, il avait cru que voir enfin son frère illégitime ne l'atteindrait pas.

Mais il avait tort.

Poser les yeux sur Xanthos l'avait bousculé comme un coup de poing au plexus. Il se sentait déséquilibré, fiévreux. Xanthos était la preuve terrible des secrets de son passé mais, pire encore, il était une menace tangible pour son avenir.

— Corso ? insista Rosie près de lui.

Il baissa les yeux sur elle. Son beau visage était pâle, et l'inquiétude assombrissait ses yeux gris. Oh ! la tentation de lui confier son fardeau était presque irrésistible. N'avait-il pas confiance en son pragmatisme, son honnêteté ? Sa tendresse ? Elle serait un baume qui soulagerait la douleur de sa découverte…

Mais c'était impossible. Ce serait injuste, pour lui comme pour elle. Leur relation était temporaire ; bientôt, Rosie ne ferait plus partie de sa vie. Pourquoi lui chuchoterait-il les secrets d'un roi ?

— Tout va bien, marmonna-t-il.

Un éclair de peine froissa le visage de Rosie. Il se détourna.

Une fois à l'appartement, il s'éclipsa en prétendant avoir une affaire urgente à traiter. Il était encore dans le bureau à minuit, lorsqu'elle apparut sur la pointe des pieds et passa la tête dans l'encadrement de la porte, ses longs cheveux blonds étincelant comme un halo angélique dans la lumière du couloir. Elle portait une chemise de nuit en soie, couleur de glace, et ourlée d'une dentelle bleu brut qui soulignait le relief laiteux de ses seins. Mais si elle espérait le séduire, elle allait être déçue : il avait besoin d'être seul avec ses pensées, et certainement pas d'affronter les questions qu'il lisait dans ses yeux.

— Va te coucher sans moi, Rosie.

Elle ne cacha pas sa déception, mais n'insista pas. Elle hocha la tête et se retira sans dire un mot.

Dans le silence et la solitude glacée de la nuit, il réalisa soudain qu'ils ne s'étaient jamais couchés séparément, pas depuis leur première nuit. Étrangement, cette idée lui serra le cœur.

12.

Rosie se réveilla avec les premiers rayons de l'aurore. Corso n'avait pas pris la peine d'activer les volets électriques qui couvraient habituellement le petit matin new-yorkais. Il était couché près d'elle, les yeux fermés. Ses cils sombres ombraient ses pommettes aristocratiques, et la lumière pâle du soleil faisait danser des flammes dans ses cheveux épais. Elle envisagea un instant de se pelotonner contre lui, comme elle le faisait habituellement ; elle aurait voulu l'enlacer étroitement et embrasser son cou, puis refermer les doigts sur son érection. Mais son comportement de la veille la retint de justesse.

Et soudain, une révélation s'imposa à elle.

Elle se souvenait de sa tension lorsque l'inconnu était entré dans la salle de réception. Le retard arrogant de cet étrange rival. L'évidente similarité qu'elle avait remarquée entre eux. Le silence de Corso, dans la voiture, et sa distance, une fois qu'ils étaient rentrés à l'appartement. Qui était donc cet homme aux yeux noirs ? Elle inspira profondément, et Corso ouvrit instantanément les paupières.

— L'homme d'hier soir..., dit-elle en croisant son regard.

Les lèvres de Corso se tordirent en une moue cruelle.

— Quel homme ? répéta-t-il durement.

Son cœur battait la chamade. Oh ! il savait très bien de qui elle parlait.

— L'homme qui est arrivé après toi. Avec les cheveux noirs.

— Eh bien ?

Mais il écarta les couvertures et bondit hors du lit sans la toucher. Jamais il n'avait été aussi distant. Le fossé qui les séparait lui semblait infini. Elle leva les yeux vers lui, la gorge nouée. Il avait le visage fermé, et un masque de glace avait figé ses traits. Elle avait oublié l'existence de ce Corso-là : le monarque impitoyable et intouchable. Obsédé par le contrôle qu'il avait sur lui-même et sur son entourage, si ce n'était sur leurs pensées. Face à lui, Rosie était vulnérable, mais la conscience de sa propre fragilité la força à se redresser, à lever le menton et à soutenir son regard. Elle ne tirerait pas de conclusions hâtives. Peut-être que Corso avait besoin de son aide. Il semblait, à cet instant, si vide et si perdu…

— Tu le connais, devina-t-elle.

— Je ne l'ai jamais rencontré avant hier soir.

Il voulait qu'elle se taise, mais il était trop tard. Elle préférait lui venir en aide, lui tendre la main et le réconforter. Qu'avait-elle donc à perdre ? Il y avait longtemps qu'elle ne craignait plus la colère de Corso da Vignola.

— Mais tu sais qui il est, pas vrai ?

Le silence s'étira longtemps avant que Corso ne reprenne la parole.

— Oui, marmonna-t-il, le visage tiré d'angoisse, avant de se détourner pour passer un T-shirt et un jean.

Lorsqu'il pivota de nouveau vers elle, ses yeux n'étaient plus éteints. Ils brillaient comme de l'or en fusion, pleins d'une détermination belliqueuse : le regard d'un homme prêt à entrer sur le champ de bataille.

— Il s'appelle Xanthos Antoniou, siffla-t-il. Et c'est le fils de mon père.

Elle cligna des yeux, confuse. Elle ne comprenait pas…

— Le fils de ton père ? répéta-t-elle. Et il est… ?

Il anticipa correctement sa question.

— Plus vieux, marmonna-t-il.

— Mais c'est impossible, s'étonna-t-elle. Pourquoi n'avons-nous jamais entendu parler de lui ?

Devant l'expression abasourdie de Rosie, Corso se laissa soudain emporter par le besoin irrationnel de passer à l'attaque, d'exorciser un peu de sa souffrance et de sa fureur en les projetant sur quelqu'un d'autre.

— Nous ? rétorqua-t-il de sa voix la plus impérieuse, les épaules raides. Et pourquoi aurais-*tu* entendu parler de mes secrets de famille, Rosie ?

Elle rougit.

— Je suis désolée. Je ne voulais pas être présomptueuse.

Mais la colère et la froideur de Corso ne suffirent pas à la décourager, car elle se redressa fièrement, ses grands yeux gris comme deux lacs tumultueux sur son visage crispé.

— Mais cela ne change rien. Raconte-moi, Corso.

Il ne ferma pas les paupières, mais il déglutit difficilement. Gorge nouée. Mains moites. Elle avait l'air si généreuse et si déterminée. Prête à lui ouvrir les bras pour le serrer contre son cœur. Il aurait aimé trouver la force de se détourner ; il aurait voulu lui dire qu'elle n'avait aucun droit sur ses secrets, qu'il n'avait pas besoin de son soutien. Il n'avait besoin de rien ni de personne. Et pourtant, il avait l'impression qu'il volerait en éclats s'il gardait cette peine verrouillée au creux de lui plus longtemps. Il inspira profondément. Il pouvait… Il pouvait présenter les faits, froidement. Il pouvait minimiser leur impact, briser leur pouvoir.

— Je ne l'ai pas découvert immédiatement. J'ai eu besoin de temps pour parcourir tous les papiers de mon père, et c'est sur le tard que j'ai trouvé cette lettre…

Il détourna le regard.

— Il l'avait bien cachée. Elle avait été rédigée de longues années plus tôt… Trente-quatre ans, pour être exact.

Elle hocha la tête et croisa frileusement les bras.

— Une femme lui avait écrit pour lui annoncer qu'elle avait donné naissance à son enfant.

Il n'osa pas lever les yeux. À cet instant, il ne pouvait supporter de regarder Rosie et de trouver sur son visage une once de pitié, de chagrin, de compassion.

— Et sur la lettre, une note de la main de ma mère avait été épinglée. « Allons-nous jamais parler de cet enfant, Joaquin ? »

— Tu penses qu'ils en ont parlé un jour ? demanda-t-elle dans le vaste silence qui suivit son aveu.

Il haussa les épaules, mais le fardeau restait lourd.

— Qui sait ? Le mot était daté, et ma mère était déjà très malade, à cette époque. Elle est morte peu de temps après.

Chaque mot était une souffrance.

— Personne ne sait… Pas même mes conseillers les plus proches.

Lorsqu'il croisa enfin son regard, ses yeux étaient durs et ses dents serrées.

— Seulement le détective qui a retrouvé Xanthos, et toi.

— Et Xanthos ? Est-ce qu'il connaît ses origines ?

— Je n'en sais rien.

Elle fronça les sourcils, pensive.

— Alors qu'est-ce que tu avais… Qu'est-ce que tu *as* l'intention de faire avec cette information ? Tu ne vas pas te contenter de l'entrapercevoir à une soirée mondaine, si ?

— Je ne sais pas. Je ne sais pas ce que je veux. Le choc s'est avéré plus violent que je ne l'avais imaginé. Le choc de…

Il secoua la tête, agacé par sa propre émotion.

— … de le voir, en chair et en os.

— Oui, je m'en doute. Mais…

Elle hésita.

— … tu ne peux pas laisser passer cette opportunité, Corso. Tu as eu le courage d'affronter ce secret. Tu as la chance d'aller jusqu'au bout et de connaître ton frère. Ne t'arrête pas maintenant.

Elle lui sourit, et son sourire était la chose la plus tendre et la plus lumineuse qu'il eût jamais vue. Alors pourquoi son cœur s'était-il serré si douloureusement, comme si quelque chose d'inévitable et de tragique rôdait tout proche ? Comme s'il avait anticipé la suite…

— Saisis ta chance, Corso. C'est une coïncidence extraordinaire d'être dans la même ville que lui, non ?

Comme il ne répondait pas, elle le dévisagea plus attentivement, et il contempla les étapes de son raisonnement sur ses traits délicats. Le froncement de sourcils, d'abord. Elle baissa ensuite les yeux sur le drap, silencieuse, et, lorsqu'elle releva le menton, elle était pâle, trop pâle, et sa bouche était plissée d'amertume.

— Ah… mais ce n'était pas une coïncidence, pas vrai, Corso ?

— Quelle importance ?

— Oh ! c'est très important, rétorqua-t-elle en se levant à son tour, les joues rosies de colère. La tournée entière n'était qu'un prétexte, n'est-ce pas ? Tu ne voulais qu'une chose : voir ton frère.

Un silence accablant suivit son accusation. Corso peinait à réguler son souffle.

— Et alors ? lança-t-il d'un ton mordant. Qu'est-ce que cela change, Rosie ?

Rosie leva le menton. L'irritation de Corso était palpable, mais c'était son mépris qui lui tordait l'estomac. Son mépris, et la conviction souveraine que tout lui était permis. L'autorité dont il avait toujours joui passait avant tout, même avant le respect d'autrui, et malheur à ceux qui oseraient l'oublier. Il avait peut-être toléré son insolence jusqu'ici, mais uniquement parce qu'elle n'avait pas de conséquence : c'était un badinage, un préliminaire. Mais le jeu touchait à sa fin. Corso ne tolérerait ni son insurrection ni ses conseils, pas lorsqu'il était vulnérable et que le sujet était sérieux. Depuis le début, son objectif était de retrouver son frère, et tout le reste n'était qu'un prétexte, une distraction sans importance.

Tout le reste, même elle !

— Je comprends mieux, murmura-t-elle en soutenant son regard. Tu voulais être vu avec moi parce que tu savais que la presse se concentrerait sur nous, sur la nature de notre relation. Les journalistes seraient trop occupés par ta vie amoureuse pour creuser ailleurs et trébucher sur la véritable raison de ta visite. Je ne t'ai pas rendu service en insistant pour rester à l'appartement plutôt que de profiter de la jet-set new-yorkaise, hein ?

Elle rit, d'un rire terrible et plein de rancœur.

— Comme j'ai dû te décevoir, Corso. Alors qu'une autre femme aurait remué ciel et terre pour être vue en public à ton bras toute la sainte journée. C'est pour ça que tu m'as touchée, hier, à la réception, pas vrai ? Tu savais que l'assemblée remarquerait une telle preuve d'affection, et que personne ne s'attarderait sur la façon dont tu avais un instant fixé, à l'autre bout de la salle, blanc comme un linge, cet inconnu qui te ressemblait tant. J'ai raison, non ? Ne le nie pas, Corso. Aie au moins l'obligeance de me dire la vérité.

Il était entièrement immobile, comme sculpté dans le marbre, à l'exception du muscle qui battait durement à sa tempe. Il devait haïr cette analyse qui le dévoilait à son regard et lui volait le mystère qu'il aimait tant cultiver. Et elle n'avait pas pitié de lui, non. Elle voulait ne rien ressentir pour lui, rien d'autre que de la colère. Il hocha la tête, le visage neutre.

— Oui. C'est vrai. Tu as raison sur tous les points. J'ai vu une opportunité, je l'ai saisie. J'ai décidé de capitaliser notre relation... Mais seulement après que nous avons passé la nuit ensemble. Je n'avais pas *l'intention* de te séduire ou de t'utiliser, cela ne faisait pas partie du plan de départ. Je ne t'ai pas invitée à m'accompagner pour faire de toi mon bouclier. Tu dois me croire sur ce point, Rosie.

Non. Il l'avait séduite parce qu'il n'avait pas eu de relations sexuelles depuis de longues années, et qu'elle était disponible ; tombée dans ses bras comme un fruit mûr tombe d'un arbre, sans aucune retenue. Il aurait peut-être été plus flatteur qu'il ait eu l'intention de l'utiliser comme distraction depuis le début, d'une certaine façon.

Et quoi qu'il en soit, peu lui importait la chronologie de sa décision. Il l'avait instrumentalisée, aussi sûrement que cet anonyme avait utilisé sa mère. Elle n'avait été qu'une couverture pour ses véritables manigances, et un divertissement pour ses nuits solitaires. Pendant tout ce temps, alors qu'elle s'était laissée sombrer dans une intimité aussi facile que fallacieuse, alors qu'elle luttait contre les sentiments qu'il éveillait en elle, il avait jalousement gardé ses secrets. Elle le fixait toujours, lui, Corso, aussi souverain et immobile que le colosse de Rhodes devant les vitres enflammées par le levant. Il était si proche, si lointain. Dans son jean et son T-shirt, la mâchoire ombrée d'une barbe naissante, il aurait pu ressembler à n'importe quel homme, mais son pouvoir extraordinaire conférait à sa présence une aura quasi divine.

Elle s'était souvent demandé comment cette étrange liaison pourrait bien finir. Serait-elle assez mature pour partir sans se retourner ? Assez forte pour lui souhaiter tout le bonheur du monde, malgré le mariage arrangé dont il avait parlé, et qu'elle ne pouvait considérer comme une union enviable ?

Peut-être. Quoi qu'il en soit, elle n'avait jamais songé qu'ils en arriveraient là : à ce moment de douleur amère, de trahison, à l'empoisonnement des souvenirs qu'ils avaient créés ensemble.

Alors, enfin, elle détourna le regard.

— Pourrais-tu me laisser, Corso ? J'aimerais rassembler mes affaires.

— Je ne comprends pas.

Oh ! il comprenait très bien, et sa voix têtue annonçait la bataille à venir.

— Ne sois pas obtus, Corso. Je rentre à Reading. Je vais faire mes valises et demander à Rodrigo de me réserver un vol de retour.

Il avait froncé les sourcils.

— Mais nous avons encore une étape à Londres !

Oh ! il était sérieux. Même à cet instant, il était incapable de considérer ce qu'une telle révélation avait signifié pour elle.

— Quoi, tu penses vraiment que nous allons continuer ta petite tournée publicitaire comme si de rien n'était ? s'exclama-t-elle. Tu crois que je vais travailler d'arrache-pied pour monter docilement une exposition en quelques jours ? Que je continuerai à partager ton lit en rentrant du travail ?

— Et pourquoi pas ? s'enquit-il de cette voix impérieuse qui lui donnait envie de crier. Je ne comprends pas pourquoi tu es en colère, Rosie.

Il avait raison : si elle était en colère, c'était justement parce qu'elle venait de réaliser qu'elle ne comptait pour rien à ses yeux, et ne l'avait-il pas stipulé depuis le début de leur arrangement ? Il avait été clair. Elle était tout de même tombée dans le piège. Elle ne pouvait s'en prendre qu'à elle-même.

Mais non, sa fierté ne la laisserait jamais admettre une chose pareille. Elle haussa les épaules.

— J'aurais voulu que tu me le dises, c'est tout. Pour ton frère.

— Et pourquoi aurais-je fait une chose pareille ? Cela impliquerait entre nous un lien que je n'ai jamais recherché ! Ni avec toi ni avec personne. À quoi t'attendais-tu, Rosie ? Ce n'était qu'une aventure sans lendemain, tu le sais aussi bien que moi. Je retourne bientôt à Monterosso, où mes conseillers m'attendent sans doute déjà avec une tripotée de princesses parmi lesquelles je devrai faire mon choix.

— Déjà ? s'écria Rosie.

— Déjà, oui. J'ai besoin d'un héritier.

Elle se sentit frémir. Elle en avait dit assez, mais les mots coulaient malgré elle :

— Et promettras-tu fidélité à ta future épouse, même si tu ne peux lui donner ton cœur ?

Le visage de Corso se tordit de dédain. Elle avait été trop loin, elle le savait. Il marqua une pause, peut-être pour peser ses mots. Après un instant de silence, il choisit de répondre à sa question, et ainsi ne lui laissa aucun espoir :

— Bien sûr. Sept ans de célibat m'ont assuré que je serai parfaitement capable de ne jamais briser mes promesses.

Elle aurait pu, à cet instant, le gifler, mais elle était injuste. Elle avait rêvé à des scénarios bien peu louables, et elle savait, au fond d'elle, que ni Corso ni elle ne s'y seraient abaissés. Et lui… malgré la colère aveuglante qui la tenait à la gorge, elle était sûre qu'il était capable de bien plus. Si seulement il cessait de se cacher derrière la forteresse qu'il avait érigée dès son enfance, mû par le deuil et la solitude. Il avait souffert de la maladie de sa mère et de la distance de son père, mais il pouvait apprendre à aimer, elle en était certaine. Même s'il lui avait menti, elle avait vu des failles dans son armure de froideur. Elle l'avait vu pour lui-même, le vrai Corso, l'homme qu'il pouvait être s'il se laissait la liberté d'exister.

— Il faut que tu t'ouvres à l'amour, Corso, murmura-t-elle, les yeux brûlants de larmes. Il faut que tu apprennes à aimer la femme que tu épouseras, ou ta vie sera terriblement vide. Comme tu dois apprendre à connaître ton frère, parce que c'est le seul frère que tu auras jamais.

Le dédain n'avait pas quitté le visage de Corso. Sa moue se teinta d'une distante froideur.

— Je crois que tu en as assez dit. Je vais de ce pas demander à Rodrigo de s'occuper de ton retour. Au revoir, Rosie.

— Non. Attends, lança-t-elle alors qu'il traversait la pièce sans lui jeter un regard. Attends, Corso.

Il lui fit la faveur d'attendre mais, lorsqu'il se tourna vers elle, elle découvrit un éclat d'appréhension dans ses yeux d'or. Quoi, craignait-il qu'elle se ridiculise ? Qu'elle le supplie de lui pardonner ses offenses, de la reprendre pour quelques jours ? Qu'elle s'abaisse à pleurer ?

— Je t'écoute.

— Je veux juste m'assurer que je serai tout de même payée pour mon travail, même si je coupe court à la mission.

Il pinça les lèvres.

— Ne t'inquiète pas, Rosie. Tu auras ton argent.

Et il la quitta sans un regard en arrière.

Les larmes brouillaient sa vision, mais elle s'empressa d'aller prendre une douche et les dissimula impatiemment sous le jet d'eau brûlante avant de faire rapidement ses valises. Elle abandonna toutes les tenues de designer – elles n'étaient que des vestiges d'un autre temps, une parenthèse refermée. Elle n'aurait pas besoin de haute couture, là où elle allait.

Un chauffeur l'attendait en bas lorsqu'elle descendit dans le hall. Avant de décoller pour l'Europe, elle envoya un message à sa sœur pour lui annoncer son retour en Angleterre et lui proposer de se retrouver le week-end prochain pour organiser le déménagement de leur mère. Elle ne savait pas encore ce qu'elle oserait avouer à Bianca. Pourquoi confier des secrets qu'elle préférait enterrer pour toujours ?

Elle ne s'attendait pas à ce que sa sœur l'attende à l'aéroport, ses longs cheveux de jais attachés en élégant chignon, aveugle aux nombreux hommes qui se retournaient sur son passage.

— Bianca ! Qu'est-ce que tu fais ici ? murmura Rosie en la serrant très fort contre son cœur, soulagée de voir un visage familier.

— Je voulais te faire une surprise. Tu semblais si triste dans ton message… Et tu es… Rosie ! Que se passe-t-il, tu as l'air dévastée !

Rosie déglutit difficilement. Elle parvint à retenir ses larmes jusqu'au parking, mais elle éclata en sanglots dès que la portière de la voiture se referma sur elle. Elle s'était maîtrisée depuis qu'elle avait quitté New York, mais maintenant qu'elle était à la maison la réalité la frappait de plein fouet. Alors que le ciel couleur ardoise déversait des flots de pluie glacée sur l'asphalte, elles restèrent garées là, à l'abri, et les aveux lui échappèrent aussi facilement que les larmes.

— Tu as eu une liaison avec Corso ? répéta Bianca, éberluée.

— Oui ! Je sais, je suis une idiote, tu peux m'insulter. Corso est un rustre et un goujat sans cœur ! Je le déteste, tu m'entends ? Je le déteste !

Elle s'attendait à ce que Bianca, qui n'avait jamais porté Corso dans son cœur, renchérisse allègrement mais, à sa grande surprise, sa sœur resta simplement silencieuse.

— Quoi ? insista Rosie en levant les yeux.

— Tu réalises…, commença Bianca avec précaution, qu'il m'a envoyé un énorme chèque pour acheter une maison à maman il y a plus de deux semaines ?

Rosie cligna des yeux. Quoi ? Est-ce que Bianca parlait une langue étrangère, d'un seul coup ?

— Je ne comprends pas. Je n'avais pas encore commencé à travailler pour lui, à ce moment-là.

Et certainement pas à partager ses nuits…

— Pourquoi tu ne m'as pas appelée ?

— Il m'a demandé de garder le secret. Il a insisté pour que je ne t'en parle pas tout de suite.

— Qu'est-ce qu'il a dit, exactement ?

— Que nous devrions installer maman dès que possible pour qu'elle puisse être près de chez sa sœur, mais il m'a demandé d'acheter la maison sous nos deux noms, au cas où elle serait de nouveau tentée de dépenser son argent. J'ai déjà plusieurs propriétés à voir ce week-end, on pourrait y aller ensemble. C'était généreux de sa part, non ?

— Si…, murmura faiblement Rosie.

— Cela m'a convaincue que je l'avais peut-être jugé trop vite. Mais maintenant, je ne sais plus quoi penser.

Rosie hocha la tête et chercha un mouchoir dans son sac à main. Oui, Corso avait été généreux, mais ces nouvelles informations rendaient la situation plus insupportable encore. Elle ne voulait pas voir Corso comme l'homme bienveillant qui l'avait aidée à sauver sa mère. Elle voulait qu'il soit…

Quoi ?

Qu'il soit froid et cruel ? Qu'il soit égoïste et mesquin ? Avec lui, elle avait vécu la semaine la plus heureuse de sa vie. Allait-elle le vilipender parce qu'il avait négligé de lui confier un secret profondément personnel ? C'était stupide. C'était le comportement d'une gamine capricieuse, ni plus ni moins.

Les jours passèrent. Elle tenta de garder le sourire, pas seulement pour elle mais pour les autres. Elle ne voulait pas que Bianca s'inquiète pour elle, et elle lui fit promettre de ne pas dire un mot de toute l'affaire à leur mère. Elle se sentait vide, distraite, mais elle célébra tout de même l'obtention de son diplôme avec sa famille, et résolut de chercher un emploi dans le monde de l'art dès qu'elle se sentirait un peu plus…

Un peu plus elle-même. Un peu plus réelle.

Mais c'était sans compter sur les magazines. Elle remarqua la première couverture au supermarché, sur l'un des présentoirs de caisse, et l'acheta malgré elle. Et très vite, elle se prit à acheter édition après édition, esclave de leurs détails sordides. Toute la presse people semblait obsédée par un seul événement : le roi de Monterosso cherchait à prendre femme. À qui Corso da Vignola passerait-il sa pantoufle de vair ?

Oh ! elle ne faisait que remuer le couteau dans la plaie. Elle regardait chaque photo, se comparait à chacune de ses sublimes prétendantes. Avec une intensité scientifique, elle se prenait à analyser les traits de Corso pour y trouver des preuves de ses préférences. Pendant quelques semaines, une jolie rouquine de Boritavia sembla avoir sa faveur, avant d'être remplacée par une beauté brune de Mardivino. Rosie jeta le magazine dans la corbeille et pressa ses poings sur ses yeux.

Elle devait voir la réalité en face.

Corso allait épouser quelqu'un d'autre et, oui, elle en avait le cœur brisé. Et alors ? Elle s'en remettrait. Elle s'en remettrait bien assez vite.

Puis les invitations arrivèrent. De vraies invitations, sur papier, écrites au stylo, glissées dans de belles enveloppes épaisses – elle était conviée à des entretiens dans les galeries les plus célèbres de Londres. Elles mentionnaient toutes son travail à Paris et à New York. Elles citaient aussi les chaleureuses recommandations qui avaient été faites à son égard. Il n'était pas difficile de comprendre qui était derrière ces propositions spontanées.

Corso.

Il était intervenu pour elle, tout comme il l'avait fait pour sa mère. Les doigts de Rosie tremblaient lorsqu'elle reposa l'une des lettres, et quelques jours plus tard elle se rendit bel et bien au prestigieux institut Brian Allen, où son entretien se déroula bien mieux qu'elle ne l'avait imaginé.

— Nous aimerions vous proposer un poste, déclara le propriétaire de la galerie.

— Vraiment ?

Le visage doux et intelligent de son interlocuteur s'éclaira d'un sourire amusé.

— Vraiment. Si vous acceptez, évidemment.

— Oh ! bien sûr. Bien sûr.

Elle rentra chez elle par le train et songea pendant tout le voyage à la lettre de démission qu'elle écrirait à sa patronne, qui avait toujours été si généreuse avec elle. Et lorsqu'elle serait à l'aise dans son nouvel emploi, elle pourrait envoyer à Corso une belle carte postale achetée dans la boutique du musée, et le remercier pour tout ce qu'il avait fait pour elle. Elle ne mentionnerait pas leur brève liaison ; il valait mieux l'oublier. Elle choisirait un magnifique tableau de maître pour la carte, et elle rédigerait une missive légère et spirituelle, dépourvue de toute rancœur, de toute amertume.

Dépourvue de toute tristesse.

Oui, elle prendrait bien garde à ce que ses larmes ne touchent pas le papier.

13.

La tempête fit voler la nuit en éclats. Le tonnerre explosa comme un coup de cymbales, et des éclairs blanc argent fissurèrent le ciel sombre. Une pluie torrentielle s'abattait sur les petites fenêtres lorsqu'on toqua à la porte de Rosie.

Elle leva les yeux de son livre. Qui pouvait bien lui rendre visite par ce temps, et à cette heure-ci ? Non, c'était sûrement le vent, ou une branche tombée derrière la maison. La forêt avait un pouvoir élémental, les soirs d'orage.

Les coups retentirent de nouveau, réguliers, urgents.

Elle courut dans le vestibule et jeta un œil par le judas avant d'étouffer une exclamation de surprise.

Non.

Elle devait halluciner.

Elle avait tant rêvé de cet homme qu'elle avait conjuré son image. Elle détacha la chaînette et lutta contre les bourrasques du vent pour ouvrir le lourd battant de la porte, le souffle court. Mais ce n'était pas une illusion. Il était là. Corso da Vignola, aussi grand et sombre qu'un ange vengeur, indifférent à la pluie et aux éclairs. Sans un mot, elle s'effaça pour lui laisser le passage, et il entra, son grand manteau noir et ses cheveux de cuivre trempés par l'averse. Le cœur de Rosie battait plus fort encore que les hurlements de la tempête.

Elle ne l'avait pas vu depuis six mois. La souffrance fleurit en elle comme une plaie réouverte. Six mois, six longs mois pendant lesquels elle s'était jetée dans le travail alors que Corso cherchait sa future reine. La moitié d'une année, passée à supporter la douleur qui lui rongeait le cœur, passée dans un brouillard gris, froid, malgré tous les bonheurs que sa nouvelle vie aurait dû lui apporter.

Et pourtant, maintenant qu'il était là, elle n'y trouvait pas non plus de plaisir. Comment aurait-elle pu être heureuse de le revoir ? De reconnaître l'étincelle dorée de ses prunelles si expressives, la force sculpturale de son corps tout proche, la puissance silencieuse de son aura ? Face à lui, elle n'était consciente que d'une chose : il lui manquait désespérément.

— Tu es trempé, dit-elle d'une voix blanche. Viens, pose ton manteau près du feu et je vais te faire une tasse de thé.

— Je ne veux pas de thé.

— Eh bien moi, si.

Elle avait besoin d'un moment à elle, un moment pour se préparer à ce qu'il avait sans aucun doute l'intention de lui annoncer. Pourquoi venir jusqu'ici ? Pour la prévenir avant que la nouvelle ne soit publiée ? Oui, elle pouvait déjà l'imaginer : « J'ai pensé qu'il serait respectueux de te l'annoncer en personne », dirait-il. « C'est très généreux de ta part », répondrait-elle.

Elle prit son temps dans la cuisine et, pathétiquement, se prit à sortir sa plus belle porcelaine. Pensait-elle vraiment impressionner le roi de Monterosso avec la vaisselle qu'elle avait eu en solde à Debenhams, alors qu'ils mangeaient au palais dans de la porcelaine ourlée d'or ?

Mais Corso ne sembla pas remarquer son retour, et encore moins les tasses de thé. Il resta de dos, les yeux fixés sur le feu crépitant dans l'âtre. Il était parfaitement immobile, toujours vêtu de son manteau. Il ne comptait sans doute pas rester très longtemps. Elle posa le plateau sur la table. Le tintement de la vaisselle attira son attention, et il pivota vers elle. Lorsqu'elle croisa son regard, une terrible souffrance la submergea, teintée néanmoins d'une étincelle de colère à laquelle elle se raccrocha immédiatement. Pourquoi était-il ici, chez elle ? Pourquoi voulait-il être témoin de sa douleur ? Pourquoi lui infligeait-il encore une fois des adieux, alors qu'elle n'avait pas encore fait le deuil de ceux qui les avaient déchirés des mois plus tôt ?

— Qu'est-ce que tu veux, Corso ? demanda-t-elle doucement. J'imagine que tu ne passais pas juste dans le coin ?

De l'autre côté de la pièce, Corso étudiait Rosie attentivement. Le petit salon lui semblait soudain aussi vaste que la plus grande des salles de bal. Il n'entendait que le crépitement du feu et le rugissement de son cœur. Que dirait-elle lorsqu'il lui avouerait la vérité ? Lorsqu'il admettrait qu'il était ici parce qu'il ne pouvait pas être ailleurs, parce que tout le ramenait à elle, malgré lui ?

Depuis des semaines, il bataillait contre lui-même. Cette proposition était-elle réellement dans l'intérêt de Rosie, ou seulement dans le sien ? Pour qu'elle prenne sa décision de manière éclairée, il devait choisir ses mots avec soin et construire clairement les fondements de ce que serait le cœur de son message – à l'instar d'une présentation d'affaires devant des investisseurs.

Il avait répété mille fois son discours.

Mais sa bouche restait close, et sa gorge trop sèche.

— Non, dit-il enfin, perdu qu'il était et si peu habitué au langage de l'amour et de la nécessité.

Il était terrifié. L'angoisse montait comme une vague.

— Non, répéta-t-il plus vigoureusement. Je suis venu te dire combien tu me manques.

Elle secoua la tête, et ses longs cheveux ondulèrent comme un rayon de soleil.

— S'il te plaît. Ne me mens pas, Corso. J'ai vu les photos.

J'ai lu les articles. Je connais les détails, je sais que tu as passé les derniers mois à courtiser toutes les princesses d'Europe.

— C'était mon devoir ! Je pensais que c'était nécessaire.

— Ne fais pas comme si c'était une punition, l'accusa-t-elle. Pas quand toutes ces femmes sont aussi accomplies que sublimes.

— C'est vrai, concéda-t-il, elles le sont.

Rosie pinça les lèvres.

— Je suis heureuse pour toi.

Mais sa voix s'était craquelée. Oh ! il ne pouvait supporter de l'avoir fait souffrir. De la faire souffrir, encore à cet instant. Était-ce donc inconcevable qu'elle lui pardonne ?

— Écoute-moi, Rosie. À New York, j'étais perdu, en partie à cause de notre relation et des sentiments que tu éveillais en moi. Je n'avais jamais connu une chose pareille, avec aucune femme, rien d'aussi simple et si facile. Rien de si… heureux, si tu veux tout savoir.

— Corso…

— Et puis j'ai vu mon demi-frère dans cette salle de réception, continua-t-il avant qu'elle ne le coupe. Et soudain, je ne savais plus où j'en étais. J'avais simplement ce désir primitif de protéger ma lignée, mon héritage, ma couronne. Comment avais-je pu me laisser distraire ? Depuis ma naissance, c'était mon seul objectif.

— Avoir un héritier ? devina-t-elle.

— Avoir un héritier, confirma-t-il. Alors je suis retourné à Monterosso et j'ai fait ce que tout roi doit faire : j'ai rencontré princesse après princesse. Filles de cheikhs, de sultans, comtesses, duchesses. Mais aucune d'entre elles…

Sa voix trembla, trop rauque, puis s'éteignit. Il secoua la tête et inspira profondément pour trouver la force de reprendre.

— Aucune d'entre elles n'était *toi*, Rosie. Voilà pourquoi je ne peux pas les épouser.

— Corso… s'il te plaît. Ne fais pas ça.

— Faire quoi ? Admettre que tu es la seule personne au monde à me dire la vérité ? Que tu m'es loyale, même quand je ne le mérite pas ? Que toi seule me vois pour ce que je suis ? Même quand je t'ai blessée… tu ne voulais que mon bonheur. Si tu as été jalouse, cela n'a jamais mis en péril ta générosité. Tu m'as dit que je devais aimer ma future épouse ou que ma vie serait vide. Mais tu ne comprenais pas encore… Ma vie sera toujours vide si tu n'en fais pas partie.

Il la fixait dans les yeux, maintenant. Les prunelles tempétueuses de Rosie étaient devenues pluvieuses, brillantes de larmes. Il se souvenait de leur enfance, de la façon dont elle avait pressé son épaule contre la sienne lorsque sa mère était morte. Il aurait aimé traverser la pièce. La prendre dans ses bras. L'embrasser longtemps, à perdre haleine. La serrer très fort contre son cœur battant à tout rompre. Mais il y avait trop longtemps qu'il ne pensait qu'à ses propres désirs : il était temps d'entendre les siens.

— Corso…, dit-elle de nouveau, la voix frêle.

— Non, laisse-moi finir, Rosie. Je t'en prie. Je veux que tu saches tout avant de prendre ta décision.

Il baissa le regard sur la table, où le vase bleu de Monterosso rassemblait des gerbes de baies automnales.

— Tu m'as dit que ce serait fou de ne pas prendre contact avec mon frère et, au fond, je savais que tu avais raison, même si l'envisager me faisait peur. Mon père était un homme froid et distant mais, jusqu'à ce que je découvre la lettre dans ses papiers, je pensais que son mariage avait été un exemple de fidélité. C'est dans ces valeurs-ci que l'on m'a éduqué. Je craignais d'affronter la réalité. Sa liaison avec une autre femme. L'attention, l'affection qu'il avait données à son autre fils, au lieu de m'en réserver quelques vestiges.

Il secoua la tête, un goût amer sur la langue.

— Mais, après ton départ, j'ai mis de côté mes peurs

et mes jalousies enfantines. J'ai appelé Xanthos pour lui proposer de nous rencontrer.

— Qu'est-ce qu'il a dit ?

— Il a accepté, avec réticence. Nous nous sommes rejoints à Berlin.

— Et tout s'est… bien passé ?

Un éclat d'espoir éveillait sa voix. Même à cet instant, elle priait pour son bonheur.

— Pas exactement, dit-il en secouant la tête. J'avais construit des élucubrations qui n'avaient pas grand-chose à voir avec la vérité. Xanthos n'avait jamais rencontré mon – notre – père. Sa mère n'avait que dix-huit ans à sa naissance, et leur relation était…

Il ne put cacher son dédain, ni dans sa voix ni, sans doute, sur son visage.

— … transactionnelle plutôt qu'émotionnelle. Mon père a payé pour ses services, clarifia-t-il. C'est tout ce que Xanthos a bien voulu me dire, et je comprends son choix.

Rosie hocha la tête, les cheveux rougis par la lumière du feu. Elle ne s'attarda pas sur les aspects les plus sordides de cette affaire. Non, elle se contenta de lever ses yeux hivernaux vers lui, entièrement focalisée sur lui.

— Tu penses le revoir ?

— Qui sait ? Nous verrons. Il a eu une enfance difficile.

— La tienne n'était pas si facile que cela, nota-t-elle. Ton père n'était qu'une ombre, et puis ta mère est morte…

— C'est pour cela que je venais toujours chez vous, tu sais, murmura-t-il. C'était mon foyer.

Il n'avait jamais osé admettre ce secret, ni à voix haute ni pour lui-même. Il avait la gorge nouée. Une émotion intense joua sur le beau visage de Rosie.

— Oh ! Corso…

Mais il arma son cœur contre sa tendresse. Il n'avait pas terminé.

— J'ai arrêté de voir des prétendantes il y a trois mois. Tu te demandes peut-être pourquoi je ne suis pas venu plus tôt… Mais je voulais que tu profites de ta nouvelle vie, de ton nouveau poste. Je voulais que tu aies l'opportunité de travailler dans le domaine qui te passionne afin que tu puisses prendre une décision éclairée.

Il baissa les yeux : ses mains tremblaient.

— Pour que tu puisses choisir de continuer ainsi, ou bien…

L'air lui manquait, mais il fallait continuer.

— Ou si tu étais prête à abandonner cette existence et à m'épouser.

Une cuillère tinta, d'abord sur le bord d'une tasse, puis sur le sol.

— Je ne comprends pas, répondit-elle d'une voix brusque, comme si elle craignait qu'il se moquât d'elle.

— Je veux t'épouser, Rosie Forrester. Je t'aime. Je ne peux supporter l'idée de ne pas passer ma vie à tes côtés. Je te demande pardon pour avoir été souvent obtus, arrogant et stupide. Pour avoir foulé aux pieds tes sentiments. J'ai besoin que tu saches que je suis navré, vraiment navré. Mais plus que tout, j'ai besoin de savoir si tu veux bien être ma femme.

— Mais… c'est impossible, Corso. Tu sais que c'est impossible.

— Et pourquoi pas ?

— Parce que Monterosso veut que tu épouses une femme noble.

— Monterosso veut que son roi soit heureux, et tu es la clé de mon bonheur.

Il expira un soupir tremblant.

— Je m'étais convaincu que je ne ressentais pas ce que les autres hommes semblaient ressentir, que j'étais immunisé contre l'amour et l'émotion, mais j'avais tort. Avec toi, j'ai découvert comment vivre réellement, Rosie. Tu as ouvert mon cœur trop froid. Je t'aime, et j'ai besoin de savoir ce que tu ressens pour moi.

Les yeux de Rosie étaient limpides et brillaient comme des joyaux.

— Tu sais exactement ce que je ressens pour toi, Corso, murmura-t-elle.

— Alors dis-le-moi, murmura-t-il en retour.

— Je t'aime, avoua-t-elle, très simplement, très doucement. Toi, l'homme. C'est tout ce que je désire. Vivre avec toi. Partager ta vie, tes nuits. T'épauler et te chérir. Porter ton enfant, non, *tes* enfants, si nous avons la chance d'en avoir. Transformer ton palais en foyer plein d'amour. Voilà ce que je veux.

Il arqua un sourcil, amusé.

— Pas de châteaux, de diamants, de yachts ?

— Je me fiche de tout ça.

— Pas moi.

— Je ne pensais pas que tu te souciais des symboles de ton statut ? s'étonna-t-elle.

— De mon statut, pas particulièrement, mais du tien… absolument. Si tu deviens ma femme, alors il te faut un énorme diamant, affirma-t-il.

Elle sembla sur le point de rire, mais il secoua la tête.

— Tu comprends ce que cela signifie, n'est-ce pas ? Tu connais les exigences de la vie palatiale. L'œil public te suivra partout. Chaque sortie, chaque mot sera analysé et décortiqué. Tu vas devoir apprendre à ne pas donner trop de toi-même, Rosie, et je crains que la confiance que tu as en l'humanité s'érode bien vite…

— *Tu* vas devoir apprendre à cesser d'être si suspicieux, et à donner à tous le bénéfice du doute, le coupa-t-elle passionnément. Ce n'est pas la fin du monde de faire preuve d'émotion en public, et ton peuple te respectera d'autant plus si tu ne le traites pas avec la distance et l'inflexibilité qui définissaient trop souvent ton père.

— Suis-je distant et inflexible ?

— Parfois. Mais je peux t'assouplir, répondit-elle en souriant. Ensemble, nous pouvons apprendre beaucoup de choses, tu ne crois pas ?

— C'est un oui, alors ? Tu acceptes ma demande ?

— Oui, dit-elle en riant, mais elle s'interrompit lorsqu'il glissa la main dans la poche de son manteau pour en sortir un écrin.

Il l'ouvrit sous ses yeux, et dans la lumière du feu le diamant irradia comme un brasier immaculé, chaque facette projetant dans la petite pièce une nouvelle incandescence.

— Oh ! Corso, souffla-t-elle lorsqu'il s'agenouilla à ses pieds.

— Tu as l'air bien émerveillée, la taquina-t-il. Tu aimes les gros diamants, finalement ?

Elle secoua la tête.

— Non. Je t'aime toi, murmura-t-elle alors qu'il glissait l'anneau à son doigt. Je t'aime plus que je ne saurais le dire.

Épilogue

Le pop d'un bouchon qui saute réveilla Rosie, et elle cligna des yeux. Une lumière précieuse baignait la magnifique chambre. Le crépuscule dorait le sofa sur lequel elle était couchée, nue et satisfaite sous une couverture de cachemire. D'ici, par les fenêtres, elle voyait le lac et la haute montagne rouge dominant l'horizon. De l'autre côté de la pièce, un énorme sapin décoré de lumières et d'étoiles d'argent scintillait doucement, car dans deux jours Noël serait là.

Et son mari, glorieux et sublime, trônait debout au centre de la pièce, seulement vêtu d'une petite serviette nouée sur ses hanches étroites. Il tenait à la main deux flûtes de champagne en cristal.

— Joyeuse lune de miel, dit-il en souriant.

Rosie étouffa de justesse un rire euphorique lorsqu'il posa les deux verres sur la table basse et laissa tomber la serviette. Nu et chaud, il se glissa près d'elle sous la couverture.

— Je n'arrive pas à croire que nous sommes mariés, admit-elle en se pressant contre sa peau.

Il referma une main sur son sein pour en caresser le téton d'un pouce taquin.

— La journée t'a plu ?

— Chaque seconde, murmura-t-elle, la gorge nouée.

Chaque seconde… La cérémonie s'était déroulée dans la cathédrale de Monterosso, une bâtisse sublime qui s'élevait au-dessus de la vieille ville d'Esmelagu, et de laquelle on pouvait voir le fameux lac de la capitale. Sous les yeux de sa mère, de sa sœur, de sa tante et de quelques collègues du chemin de fer, Rosie avait promis à Corso amour et fidélité, et était devenue sa reine.

Elle avait porté une robe grandiose, immaculée, couverte de délicates broderies, et un voile éthéré tenu par la tiare antique de la reine Aurelia, ce même artéfact que son père avait sauvé des eaux.

Mais malgré la joie des invités et du peuple de Monterosso, lequel avait accueilli Rosie comme l'une des leurs, le mariage n'avait pas été sans ses incertitudes et ses angoisses. Xanthos, le demi-frère du roi, avait fait acte de présence avec beaucoup de réticence. Sa venue avait été semée d'embûches et de conditions, et ces dernières avaient mis la patience de Corso à rude épreuve. Le milliardaire grec ne voulait pas assumer publiquement son lien de parenté avec le roi de Monterosso. Lui et Bianca semblaient s'être immédiatement pris en aversion, ce qui était bien dommage, parce que Rodrigo leur avait arrangé un retour commun en Angleterre dans le jet privé de la famille royale.

Mais il était bien difficile de se faire du souci quand Corso abaissait la tête pour embrasser son sein, et l'attirait plus près, dans le creux de ses bras.

Depuis des semaines, Corso avait l'impression d'évoluer dans un rêve. Jamais il n'aurait imaginé que la vie puisse être si merveilleuse, si facile. Et tout cela, grâce à Rosie, la femme de sa vie, qui l'aimait comme il n'avait jamais cru pouvoir être aimé. Il pouvait lui faire entièrement confiance : jamais il n'avait rencontré quelqu'un de plus honnête, de plus généreux. Et n'était-ce pas ainsi qu'elle avait brisé ses défenses et laissé entrer la lumière ? En lui apprenant qu'il était *possible* de faire confiance.

Il l'aimait plus que tout au monde. Un jour, bientôt, il voulait qu'ils aient un enfant. Il baissa les yeux sur sa tête blonde, qu'elle avait confortablement posée sur son épaule. Elle leva les yeux vers lui.

— Tu n'as pas touché ton champagne, remarqua-t-il.

— Toi non plus.

— Je pense à autre chose qu'à la boisson, tu comprends, dit-il, souriant, en glissant la jambe entre ses cuisses soyeuses. Par exemple, faire l'amour à ma femme…

— Oh ! vraiment ? Et comment…

Il interrompit sa provocation rieuse avec un baiser, puis un autre, et un autre, et bientôt elle le chevauchait sur le sofa de velours, ses beaux cheveux comme une cascade de lune autour de ses épaules mouvantes.

Dehors, le soleil couchant peignait la montagne de cette couleur écarlate qui avait donné son nom à leur pays. Et, dans le sanctuaire de leur chambre, le roi et la reine de Monterosso firent tendrement, passionnément l'amour.

Vous aimez les contes passionnés ?
Retrouvez en numérique :

1. *L'enfant d'un ténébreux milliardaire*, Heidi Rice
2. *Un fantasme pour patron*, Lucy King
3. *Baiser à un Grec*, Abby Green
4. *Le scandale de minuit*, Kate Hewitt
5. *La beauté des mers*, Chantelle Shaw
6. *La belle et le ténébreux*, Clare Connelly
7. *Nuits volées avec un roi*, Sharon Kendrick

Et ne manquez pas la suite des aventures de Monterosso dès le mois d'octobre dans votre collection Azur !

Retrouvez prochainement,
dans votre collection

AZUR

Désirs grecs, de Melanie Milburne - N°4642

C'est avec émotion que Ruby s'engage dans Rothwell Park, le domaine où elle a grandi. Le château, dont sa grand-mère est restée la gouvernante, lui a offert autrefois un havre de paix… et l'amour. Follement éprise de Lucas Rothwell, son héritier, elle a cependant dû se faire à l'idée qu'il ne partagerait jamais ses sentiments. Aujourd'hui, revoir Lucas est plus troublant que jamais. L'aura de mystère qui entoure cet homme est accentuée par le secret qu'il lui révèle bientôt. Un secret qu'il demande à Ruby de taire au monde, durant le voyage qu'ils feront ensemble en Grèce…

Scandale en Italie, de Chantelle Shaw - N°4643

Si Ivy fait irruption dans la salle de réunion de Rafael Vieri, interrompant ainsi la signature d'un fructueux contrat, c'est pour le placer face à ses responsabilités. Le bébé dont elle est la tutrice est celui de l'homme d'affaires ! proclame-t-elle devant une assemblée ahurie. Or ce scandale est d'autant plus malvenu que Rafael lui prouve bientôt qu'elle a fait erreur sur la personne. Furieux qu'Ivy ait ainsi compromis sa réputation, il exige d'elle qu'elle contribue à redorer son image… en l'épousant !

L'héritier d'une princesse, de Clare Connelly - N°4644

La princesse Charlotte de Rothsburg connaît son devoir : donner au royaume un héritier. Or, avant d'épouser un homme qu'on a choisi à sa place, elle s'autorise une nuit d'égarement. Une nuit où dans l'anonymat elle s'offre à Rocco Santinova, un homme d'affaires connu à Manhattan et dans le monde pour son caractère impitoyable. Alors que leur histoire devrait s'arrêter là, Charlotte se découvre vite enceinte. Dès lors, elle n'a d'autre choix pour éviter la disgrâce que d'épouser Rocco…

La rivale amoureuse, de Rebecca Winters - N°4645

Sous un faux nom, Francesca s'est installée au royaume de Baldasseri. Là, elle a décroché l'emploi de ses rêves et démarré une nouvelle vie. Pas question pour elle, donc, de révéler qu'elle est une Visconti, car sa famille est rivale de la Couronne ! Hélas, par un curieux hasard – ou une facétie du destin –, elle fait bientôt la connaissance du prince Vincenzo Baldasseri, dont elle tombe amoureuse. Alors qu'elle devrait fuir son ennemi, elle a très envie d'en faire son amant…

Une passion innocente, de Sharon Kendrick - N°4646

Six ans plus tôt, Mia a fui son tout nouvel époux, sitôt leurs vœux prononcés. Quel choc pour elle de retrouver Theo Aeton sur le pas de sa porte ! S'il est venu à sa rencontre aujourd'hui, c'est pour lui demander de l'accompagner en Grèce pour se rendre au chevet d'un parent malade. Malgré les différends qui les opposent encore, Mia accepte de le suivre, tout en se jurant de rester prudente. L'homme qu'elle a follement aimé avant qu'il la trahisse a gardé le pouvoir de la faire fondre d'un seul regard. Or le désir entre eux est d'autant plus fort qu'ils n'ont jamais consommé leur union…

Liaison au palais, de Susan Meier - N°4647

Le roi Jozef vit en reclus depuis des années. Aussi est-il réticent à l'idée de confier son image publique à l'audacieuse Rowan Gray. Cette dernière, convaincue qu'il est temps pour lui de sortir de son isolement, le pousse malgré lui dans ses retranchements tout en l'attirant dangereusement. Jozef peut-il s'autoriser une liaison clandestine avec Rowan et prendre le risque de faire naître un scandale avec celle-là même qui a pour mission de protéger sa réputation ?

La captive de la forêt, de Millie Adams - N°4648

Perdue dans une forêt des Highlands, Athéna pénètre dans un mystérieux château gothique dont le maître des lieux se révèle être Cameron McKenzie. L'homme d'affaires, célèbre autrefois pour ses frasques de play-boy, vit en reclus depuis l'accident qui l'a défiguré. Alors qu'elle devrait être effrayée par son apparence et ses manières brusques, Athéna se sent auprès de lui… en sécurité. Jusqu'à ce qu'elle comprenne que Cameron n'a aucune intention de la laisser repartir !

Un patron pour époux, de Lynne Graham - N°4649

SÉRIE : *L'HÉRITAGE DES STEFANOS* - 1/3

Choqué de se découvrir une famille dont il ignorait tout, Ari Stefanos décide d'oublier ses soucis le temps d'une nuit passionnée. Dans les bras de Cleo, sa douce assistante, il vit une parenthèse délicieuse. Mais le poids des responsabilités l'accable encore quand il apprend que pour adopter sa nièce orpheline il lui faut se marier. Qu'à cela ne tienne, Ari connaît déjà la candidate parfaite pour tenir auprès de lui le rôle d'épouse. Reste à convaincre son amante d'un soir de se prêter au jeu…

Le secret de Sa Majesté, de Lucy Monroe - N°4650

SÉRIE : *DÉCRET ROYAL* - 2/3

Emma a follement aimé le prince Konstantin de Mirrus, avant qu'il la quitte pour rechercher une femme de son rang. Le revoir cinq ans plus tard est un choc d'autant plus grand pour elle que Konstantin veut désormais faire partie de sa vie – ou plutôt de celle de leur fils, dont il vient d'apprendre l'existence. Emma peut-elle lui faire confiance alors qu'il a autrefois choisi de sacrifier leur amour sur l'autel du devoir ?

La fuite d'une fiancée, de Dani Collins - N°4651

SÉRIE : *QUATRE MARIAGES ET UN BÉBÉ* - 2/4

Pour sauver son entreprise, Eden doit contracter un mariage de convenance. Hélas, lorsque la cérémonie vire au désastre, elle se retrouve contrainte de fuir en compagnie du témoin du marié ! Une folie d'autant plus grande que Remy Sylvain ne la laisse pas indifférente, depuis le baiser inoubliable qu'ils ont échangé autrefois... Cet homme, qui l'agace autant qu'il l'attire, représente pour elle le fruit défendu. Et Eden rêve soudain de passer entre ses bras ce qui aurait dû être sa nuit de noces...

Cette dernière nuit entre tes bras, d'Anne Mather - N°4652

Une dernière nuit d'amour. C'est tout ce que Joanna attend de Matt avant qu'ils ne divorcent. Une nuit de passion dans la chaleur de Miami, lors de laquelle, pendant quelques heures, ils pourraient oublier leurs différends. Une nuit de plaisir et d'insouciance... Ils se sont tant aimés, autrefois ! Seulement voilà, Joanna ne le sait que trop bien : plus rien n'est possible entre Matt et elle. Du moins le croit-elle, jusqu'à ce qu'un événement inattendu vienne bouleverser leur existence...